KB058153

살아 보니 모두가 사랑이었습니다

seestarbooks 025

홍찬선 제14시집
살아 보니 모두가 사랑이었습니다

초판 인쇄 2023. 2. 25
초판 발행 2023. 3. 1

지은이 홍찬선
펴낸이 김상철
펴낸곳 스타북스
등록번호 제300-2006-00104호
주소 서울시 종로구 종로 19 르메이에르종로타운 B동 920호
전화 02-735-1312 팩스 02-735-5501
이메일 starbooks22@naver.com

ISBN 979-11-5795-679-1 03810

©2023 Starbooks Inc.
Printed in Seoul, Korea

이책은 저작권법에 의하여 보호를 받는 저작물이므로 무단전재와 무단복제를금합니다.
잘못 만들어진 책은 본사나 구입하신 서점에서 교환하여 드립니다.

seestarbooks 025

살아 보니 모두가 사랑이었습니다

— 홍찬선 제14시집 —

스타북스

시인의 말

나에겐 오지 않을 것으로 생각했던 환갑이 오고야
말았습니다.
열네 살 철부지 때, 쉰넷으로 서둘러 하늘로 여행을
떠나신 아부지가 맞이하지 못했던 그 환갑입니다.
스물일곱에 결혼해서 딸 둘, 아들 둘을 낳아 기른 뒤
쉰넷에 자퇴(자발적 은퇴)하고 일곱 해가 흐른 뒤에 맞는
환갑이라 생각이 많습니다.

환갑은 새로운 시작입니다.
지나온 세월을 되돌아보고 앞으로 맞이할 새 삶으로
나아가는 첫발입니다.
부모님 울타리에 기대 살던 유소년기와 가장으로 한
가족을 책임진 장년을 마무리하고, 오롯이 나만을 위한
시간을 보낼 수 있는 제2 인생의 설렘입니다.

환갑이 됐다는 것은 대단한 일입니다.
평균 수명이 80 후반으로 늘어나고 100세 시대가 현실로
다가오면서 환갑이 갖고 있던 뜻이 많이 줄었지만,

그래도 환갑이 갖는 의미 자체는 변하지 않습니다.
지나온 세월을 돌아보며 즐거웠던 일은 추억으로 간직하고,
아쉬웠던 것은 새롭게 도전하는 계기로 삼는 삶의 중요한
마디입니다.

살아보니 모두가 사랑이었습니다.
이 세상에 온 뒤 만나서 기쁘고 아픈 추억을 만든
사람들과의 얘기를 시로 풀어봤습니다.
사랑이 가득한 인생을, 함께 한 여러분들이 계셔서
행복했습니다.
환갑 이후 새롭게 시작하는 삶을 사랑하고 사랑을 나누고
받으면서 보내겠습니다.

2023. 2
환갑을 며칠 앞두고
한티 우거에서
德山 홍찬선

c o n t e n t s

2장, 봄바람에 살포시 드러난 사랑

3장, 시를 주워주는 사랑

4장, 화딱지 나도 돌아오는 사랑

6장, 열넷에 떠난 아부지

살아 보니 모두가 사랑이었습니다

사람도 색이 있는 것이란다
타고난 저마다의 성품에다
예순 해 동안 하루하루,
차곡차곡 쌓은 삶을 얹어
남이 흉내 낼 수 없는
나만의 색을 드러내는 것이란다

사람도 맛이 드는 것이란다
어렸을 땐 무조건적 엄마의 젖 맛에
사춘기엔 삐딱하고 싶은 반항의 맛에
초보자 시절엔 뻔질나게 들이박는 욱 맛에
마흔엔 흔들리지 않는다는 비겁한 불혹 맛에
오십엔 건방지게 천명을 안다는 착각의 맛에

사람도 그렇게 물드는 것이란다
물에 물 탄 듯 술에 술 탄 듯 하는 건
이리저리 흔들린 가슴 보이기 싫은 건
양두구육, 진실은 웃음 뒤에 감춰지고

내뿜는 것은 텁텁한 담배 연기가 아니라
앞으로 삶을 보험 드는 곁웃음인 것이란다

환갑은 새로운 시작이란다
예순 해 동안 물들인 무지개 바탕에
예순 해 동안 익힌 단맛 쓴맛 버무려
예순 해 동안 갈고 닦은 몸과 마음으로
온 해 꽉 차게 만들려고 나서는 새 걸음,
삶은 그렇게 물들고 익어가는 것이란다

제1장, 사랑은 슈룹을 함께 쓰는 것

슈룹
–사랑1

사랑은, 슈룹을 함께 쓰고
비에 젖지 않는 것이더라

아쉬움을 속으로 삭이고
공부하라고 다그치지도 않으며
아픔을 함께 나누는 것이더라

사랑은, 급할수록 천천히 돌아가며
스스로 깨닫기를 기다리는 것이더라

어려움은 내가 짊어지고
비바람을 이겨낼 울타리 만들어
마침내 함께 웃음 짓는 것이더라

사랑은, 말뿐만이 아니라
마음과 몸이 하나가 되어 피는 것이더라

나대로 몰아치는 것이 아니라
너의 눈을 보고 너의 말에 귀 기울이며
나와 너의 마음 하나로 슈룹 쓰는 것이더라

*슈룹 : 우산雨傘의 순우리말. 1946년에 반포된 〈훈민정음해례본〉에 '슈룹爲雨繖'이라고 나온다. 송나라 사신이 고려를 방문하고 남긴 〈계림유사〉(1103)에는 '산왈취립傘日聚笠'이 나오고, 조선 초중기 때 나온 〈조선관역어〉에는 '속로速路'라고 나오는데, 슈룹의 한자발음인 것으로 추정된다.

똥 묻은 개와 겨 묻은 개
-사랑2

큰 기쁨은 눈물을 쏟고
큰 슬픔은 웃음을 짓는단다

등과 바닥이 모두 있어야
제대로 된 손이 되고

똥 묻은 개와 겨 묻은 개가
함께 사는 게 삶이란다

개가 살면 참된 봄이 죽고
개가 죽으면 참된 봄이 사는 것

다른 뫼의 돌은 다 나의 스승
돌을 누런 쇠처럼 봐야 누런 쇠가 돌처럼 보인단다

비싸게 사고 싸게 파는 사이에
오고 감이 이루어지듯

미워하기 때문에 사랑할 수 있는
너른 바위 닮은, 마음이 그립단다

가슴 미소
-사랑3

나는 네가 되고 너는 내가 되어
저절로 몸이 하나 되는 날

내가 한 걸음 다가갈 때
너는 반 발짝만 물러나고
네가 한 발짝 올라치면
나는 뛰어가서 맞이하리

코로나가 짓궂게 몽니 부려도
맞잡은 두 손으로 함께 이기고

거시경제학 펴 놓은 속에서
때와 곳 가리지 않고 문득, 문득 튀어나와
옆 사람 눈치 보며 발간 꽃 피우게 했던 그대

사랑이 뛰었던 건 가슴이 얇았던 탓
사랑이 짧았던 건 철들지 않았던 탓
사랑이 아팠던 건 혼자서 안달한 탓

막혔던 귀가 트이고
닫혔던 입이 열리고
가렸던 눈이 밝아지자

멍들었던 가슴에 미소가 핀단다
어긋났던 두 길도 하나가 된단다

그대는

-사랑4

그대는 몽돌인가요

바람결 바다 결에 밀리고 쓸려

반들반들해진 콩돌인가요

그대는 꿈인가요

옷깃 결 가슴 헤집듯

휑하니 왔다가 금새 떠나

그리움 한 보따리 남기고

머리 뒤집어 놓는 몸살인가요

바람이 오니 그대가 가고

그대가 가니 바람이 오네요

그대 없는 바람은

풀도 숨결도 없는 자갈밭,

바람도 머물 수 없는 곳

모오리돌 사연만 남네요

그대 봄볕 노래 어디에서 부나요

그곳 그 사람

–사랑5

어디에 있을까
마음 가는 대로 발길 닿는 대로
흐르고 흐르다, 그저 다다르는 그곳
문득 만나는 가슴 따듯한 그 사람

어디서 만날까
징글징글했던 경자 신축 임인년
코로나 이겨내고, 계묘년 희망으로 맞이해
후~ 하고 어깨 가슴 펼 수 있는 그곳
두 손 맞잡고 사는 얘기 도탑게 나누는 그 사람

팽팽하게 감겨있는 태엽
높새바람에 시원스레 날려버리고
콩닥콩닥 뛰는 사연 웃음으로 나누며
알콩달콩 아지랑이 듬뿍 피어나는 그곳
내 아픔보다 남의 고통 더 보듬어 주는 그 사람

어디서 만날까
그곳, 그 사람
어디에 있을까
그 사람, 그곳!

도깨비방망이
-사랑6

옷 하나 더 껴입으라는 말은
무뚝뚝한 사랑입니다

사근사근함은 닭살이라며 손사래쳐도
덜덜덜 떨 몸을 걱정하는 공감

지는 것이 이기는 것
말에 지고 뜻에 지고
지고 지면 문득 이뤄지는
도깨비방망이

사랑 나와라, 뚝딱!
행복 솟아라, 뚝딱!
꿈 이루어라, 뚝딱!

사랑 신이
지게 다리에서
가슴으로 웃으며
반신이 온신이 된다

바람

–사랑7

사랑은 바람이어라
바람에 넋 놓고 있을 때
문득 다가오는 바람
틈으로 스며들어
막을 수도 잡을 수도
내몰 수도 없는 바람

사랑을 잡았느냐고 묻거든
그저 빙긋이 들꽃 살랑대는
바람에게 손짓하라
문득 왔다 문득 가며
오고갔다는 자리만
별똥별처럼 남기는 바람

바람은 사랑이어라
그대 맘을 멋대로 실어왔다
나의 맘을 멋대로 실어가는
바람만은 진실을 알고 있어
해와 달이 흘러도
바람은 바람이어서 좋았다

사랑학

-사랑8

사랑은 주는 것이고
삶은 부부가 함께
아침 밥 먹는 일입니다

팔십 대 할아버지는
치매로, 요양원 신세를 지고 있는
아내와, 매일 아침 9시에 아침식사를 합니다
아내가, 자기를 알아보지 못한 지 벌써
7년이나 됐지만, 하루도 거르지 않았습니다

아내가 비록 나를 알아보지 못하지만
내가 아직 아내를 알아보니
함께 식사한다는 충분한 이유가
멋진 사랑학 교재 되었습니다

사랑은 거창한 게 아니었습니다
나를 알아보지 못하는 아내와
매일 아침밥 함께 먹는 것이었습니다

이쁜 말
-사랑9

사랑은
석탄처럼 탄 토스트 빵을
노릇노릇하게 구워진 것처럼
맛있게 먹는 것

사랑은
새카맣게 태워서 미안하다는
아내를 살며시 감싸며
내 입맛엔 이게 딱 맞는다고 하는 것

사랑은
탄 빵은 사람을 해치지 않지만
안 좋은 때 튀어나온 나쁜 말은
상처가 된다는 것을 알고 실천하는 것

사랑은
사람이 늘 완벽할 수 없음을 알아
배우자의 조그만 잘못을
따뜻하게 품어주는 것

직두리 부부송
-사랑10

둘은 하나고, 하나는 둘이다
둘이 하나 되어 생명이 움트고
하나가 둘이 되어 삶이 펴진다

물의 바탕이 되는 뫼 기운 듬뿍 받은
마루금 타고, 힘차게 내리꽂다 문득
멈추어 서서, 숨 고르고 느긋하게
움 틔워 넉넉하게 살아가고 있는
포천 직두리 처진 소나무

내 나이 묻지 말거라
삼백 살이 많다고 놀라지도 말아라
우리 기백 끊겠다고 내 가지 열 개나 잘라낸
일본인들의 만행도 탓하지 마라

살다 보면 눈보라 몰아치는 날도
온갖 들꽃 내음에 젖는 날도 있나니
번개 천둥 몰아쳐야, 힘차게 맞받아칠 수 있는 것

이제 천연기념물 460호라는 왕관을 쓰고
코로나 이겨 낼 힘 키우고 있나니
둘이 하나 되어 늘 푸르게 살아가는
멋진 맛도, 당당히 터득했나니

*포천抱川시 군내郡內면 직두稷頭리 190-1, 수원水源, 受原산 자락에 있는 처진 소나무 두 그루. 떨어져서 보면 한 그루로 보여 사이좋은 부부 소나무라는 뜻에서 부부송夫婦松으로 불린다. 2005년 6월13일, 천연기념물 460호로 지정됐다.

여보 나도 할 말 있어!

-사랑11

살짝 되돌아보면 문득 알지요

가슴 속 깊이 맺힌 응어리가

벗처럼 토닥이는 삶이란 걸

마음 열고 한 풀 벗기고

속내 털어 또 한 풀 벗겨

다소곳이 내려놓으면 후련하다는 걸

체면 잃을까 봐 부여잡고

창피할까 봐 꽉 움켜쥐고

헛웃음 지으며 혼잃이하네요

사춘기 중학생 아들 속 썩임에

며느리에게 뺨 맞은 억울함에

저 살기 바쁘다 안 오는 아들딸에

바람피운 남편에게 찍힌 발등에

강아지보다 낮은 찬밥 대접에

갈수록 늘어가는 마누라 잔소리에

남모르게 숯덩이 가슴 되고

찜질방 수다가 눈물바다 되고

눈물은 눈물에서 눈물로 전염되고
눈물은 응어리 푸는 웃음으로 바뀌는데

사랑을 표현하는 데 서툴러
싸우고 부서지는 가족 위기를
안으로 곪지 않고 밖으로 터뜨려
봄비처럼 씻겨 내는 눈물의 해학

살짝 되돌아보면 누구나
한 움큼 응어리 안고 사는 삶
서로 보듬어 안으면 푸근해지요
겨울 냉골에 꿈 바람이 봄바람 되고요

큰딸에게
-사랑12

눈은 마음의 봄이고
얼굴은 가슴의 꽃바람이다

맑은 마음이 눈동자에
푸근하게 드러나고
밝은 가슴이 얼굴에
봄 내음으로 피어난다

하루하루가 힘들었던 나날
홍역 꽃처럼 뾰루지 돋았던
얼굴이 활짝 웃는다
속앓이 이겨내고…

괴로움 다 하면 달콤함이 오듯
즐거움 다 지나면 슬픔이 오듯
인생은 직선이 아니라 곡선이듯
싸움에서 지는 게 이기는 것이듯

얼굴은 마음의 꽃이고
눈은 삶의 거울이다

그대 오세요
-사랑13

그대 날 보러 오셔요
나 이렇게 부끄러운 가슴 열고 기다리는데
그대 언제 오실 건가요

예쁜 꽃은 오래 피지 않는다지만
그대 오신다는 걸 알기에
내 깊은 속을 마지막까지 감추고
발간 볼 하얘지도록 참고, 참고
또 참으며 기다릴 거여요

그대 아직도
방안에서 우물쭈물 서성대며
봄이 언제 오느냐고 투덜대나요

귀 기울이면 내 뽀얀 얼굴 보이고
눈 뜨면 내 꽃잎 벌어지는 소리 들릴 텐데
그까짓 꽃샘추위 앙살한다고
그까짓 코로나 인상 쓴다고
좁은 어깨 웅크리고 있나요

그대 어서 오셔요
내 마음은 늘 그대 몫이지만
봄바람은 믿을 수 없잖아요

바람이 바뀌면 내 마음도 언제 누구에게
돌아설 지 바람만 알겠지요
난 끝까지 그대를 기다릴 테지만
때가 되면 흔들어대는 바람을 어쩌겠어요
그대 어서 와서 하나 돼야지요

맘

–사랑14

사랑은 물이라
내리 흘러도
치 흐르지는 못한다지

사랑은 맘이라
볼 수는 있어도
보이지는 않는다지

사랑은 바람이라
고맙다는 말 날리고
함께하는 뜻 태운다지

기다림
–사랑15

달콤한 초콜렛보다
속 타는 기다림이
사랑이라는 것을
아파하지 마세요

힘든 게 다 지나가면
즐거운 일이 다가오고
즐거움 뒤엔 반드시
어려운 일 닥친다잖아요

사랑은 말 없는 마음
사랑은 맘 꽉 찬 행동
사랑은 몸으로 보고
사랑은 뫔으로 듣고*

조금 더 기다려봐요
겨울이 지나가고 있잖아요
모든 게 다 제 때가 있듯
기다림은 사랑의 엄마일 거여요

*뫔 : 몸과 마음을 함께 부르는 말.

봄바람
–사랑16

가슴 파고들었던
해 바뀜 바람

살랑살랑 흔드네
봄 총각 마음

겨우내 막힌 골물
사람 그리워

새로 날 길 꼬임에
넘어가려다

사랑하는 그님의
커진 눈동자

몇 날 며칠 속앓이
씻어준 마음

꽃바람 된 봄바람
되찾은 바람

경춘선 숲길
-사랑17

마음 걸음 가벼운
경춘선 숲길

흐르는 추억 따라
늘어선 하객

마주 잡은 손안엔
훙건한 사랑

바람 타고 솔 솔 솔
피어나는데

매화 향기 추임새
그윽한 봄날

떼와 때
–사랑18

떼쓰지 마세요
떼는,
모기 파리 멧돼지처럼
우리를 괴롭히고 짜증나게 하는
놈들이나 하는 짓이잖아요

떼 대신, 때를 쓰세요
그쳐야 할 때와 나아가야 할 때
말해야 할 때와 침묵해야 할 때
신혼여행보다 총 들고 싸워야 할 때*
때를 반듯이 쓰는 게 진정한 사랑,

때를 제대로 쓰면 일을 이루고
떼를 억지로 쓰면 일을 그르치니
어와 아는 하늘과 땅만큼의 차이
어와 아는 죽음과 살림의 거리
떼보다 때 쓰세요, 정말 부탁이에요

*조국을 침공한 러시아에 맞서 싸우기 위해 우크라이나 신혼부부가 신혼여행 대신 총 들고 싸우러 나갔다.

눈동자

-사랑19

사람의 마음이 참으로 간사하더라
내 마음은 하나라고 여겼는데

말 한마디에
봄바람 아지랑이처럼
줏대 잃고 흔들거리는 게
사람의 마음이더라

몸은 마음보다 더 간사하더라
맛있는 것, 아름다운 것, 듣기 좋은 것에 혹하고
옳지만 힘든 것, 해야 하지만 아픈 것에는
이 핑계 저 핑계 대며 나서지 않더라

말은 몸과 마음보다 더 믿을 수 없더라
제멋대로 배반하는 기억을 방패 삼아
뻔뻔하게 그런 뜻이 아니었다는 발뺌으로
남아일언중천금은 죽은 말이 된 지 오래더라

믿을 건 오로지 눈동자더라
살기 어려운 시대,
오로지 눈동자만 믿어야 하더라

아이에게 배운다
-사랑20

사랑은 말로만 할 수 없고
사랑은 마음으로만 하는 게 아니라
사랑은 행동으로 한다는 것을
용기 있는 실천으로만 할 수 있다는 것을
초등학교 여학생에게 배웠습니다

출근길 붐비는 시내버스 안에서
어른들은 짐짓 스마트폰 보는 척하며
운전기사에게 언어폭력 당하는 할아버지를 외면할 때
작지만 큰 그 여학생은 1만 원을 요금통에 넣으며
급하게 지갑 두고 온 할아버지 열 분을 태워주라고 했습니다

그 여학생은 스승이요
그 여학생은 천사이며
그 여학생은 올바른 사랑 실천으로
약한 사람을 제물로 삼으려 했던
이중으로 어린 사람을 깨우친 참 어른이었습니다

수수꽃다리

-사랑21

사랑은 눈물로만 오더라

아픔 없이 피는 꽃, 없는 것처럼

수수꽃다리 애리애리한 잎을

어금니로 꽉 씹었을 때

속 뒤집어지는 쓰라림으로 오더라

소 사태가 이런 맛일까

익모초 빻은 즙이 이럴까

밸 쓸개가 이렇게 느껴질까

하늘이 파래지고

눈에 송 송 송 맺힌 이슬방울,

첫사랑은

얼 빼는 보랏빛 향기가 아니더라

짙은 화장 속에 감춰진 참된 모습을

잊지 말라고 채찍질하는 스승이더라

고통 없이 사랑은 얻을 수 없더라

배꽃

-사랑22

그대는 누구의 영혼이기에
봄비 촉촉이 내리는 날
하얀 면사포 고이 쓰고
이 땅의 먼지 뽀얗게 씻어내는지요

그대는 어느 별 천사이기에
떨리는 가슴 깊은 숨으로 달래며
튼실한 열매 맺으려는 첫날 밤
머리끝까지 새하얗게 지새우는지요

그대는 언제 오실 희망이기에
파릇파릇 새싹 기다리는 바람에
불쑥불쑥 꽃망울 터뜨리며
하늘과 땅을 받아 키우는지요

그대는 모든 것 품어주는 엄마이기에
달콤한 하늘 사랑과 든든한 땅의 힘으로
흔들리는 바람도 살포시 안아주며
밤과 낮 쉬지 않고 애간장 태우시는지요

탄천 꽃잎
- 사랑23

떠내려오는 꽃잎

물 흐름 보고

달님 커지는 얼굴

날 바뀜 알지

송파강 그리움에

촉촉이 젖어

지난해 떠난 엄마

만나러 가나

끝없이 돌고 도는

숨바꼭질 삶

적선지가積善之家
–사랑24

눈물이 그렁그렁한 딸이
어느 날 갑자기 의식을 잃고 쓰러져
중환자실에 누워있는 아버지 병상에서
망연자실하게 앉아 있었어요

엄청나게 나온 치료비를 마련하려고
아버지의 평생이 오롯하게 담겨있는
식당을 급매물로 내놓고 힘없이 돌아와
피곤에 지쳐 아버지 곁에서 잠들었어요

기적은 잠자는 동안 일어났지요
진료비 청구서가 0원이 되어 있었고
아버지의 치료비는 30년 전에 이미
지급됐다는 글이 적혀 있었어요

시곗바늘이 빠르게 거꾸로 돌아
약국에서, 엄마 약을 훔치다 들켜
혼나는 소년 대신 아버지가 약값 치르고
밥 한 끼를 주는 모습을 비추고 있었어요

선물
-사랑25

사는 게 아무리 힘들어도
행복은 문득 찾아오는 것

그저 묵묵히 해야 할 일 하고 있으면
그분이 먼저 알고 뜻밖의 선물 주는 것

한 자 한 자 한 자
마음으로 전해진 그 뜻 새기며

허리끈 질끈 매고
신발 끈 묶고 길 나서는 것

그래서 삶은 살만한 것
맘과 몸으로 사랑 부르는 것

제2장, 봄바람에 살포시 드러난 사랑

은방울꽃
-사랑26

은방울꽃이 먼저인지
은방울이 먼저인지를
따지는 것은

닭이 달걀과 앞뒤를 놓고
다투지 않는다는 것을 모르는
철부지들의 말장난이다

어린이날 앞두고
만두와 이과두주를
월하정인 삼아

봄이 여름으로 흐르는
저녁을 짧게 보내고
문득 다시 찾은 행복이*

은은한 사과 내음을 흰 방울에 담아
일육수의 생명을 잉태하고
하얀 시간은 별로 성큼 뛰어 올랐다

*은방울꽃의 꽃말 : 순결, 다시 찾은 행복.

허참갈비
-사랑27

개나리 진달래를
설레는 가슴으로 맞이한 4월도
배와 사과 꽃 떨어지는
아쉬운 눈물로 보내야 하는 것을

웃음 속에 떠나간
배 밭 속 허참갈비에서
돼지갈비 정성으로 굽고
막걸리 잔의 사랑으로 깨달으며

한 발짝 벗어나면
막혔던 장벽이 화~악 걷히고
꼭꼭 감추었던 속살도
봄바람에 살포시 드러난다는 것을

철쭉의 연분홍 자태와
밤과 낮 걱정으로 백발 된 민들레와
찔레꽃 하~얀 향기가
모란의 빨간 추임새로 알려준, 그 봄 밤

꼬무락지

-사랑28

꼬무락지를 보니 참 반갑더군
코 오른쪽과 가슴 왼쪽에
하나씩 슬그머니 부풀어 오른
그대는 나를 지켜주려는 수호천사,

그대가 겉으로 나오지 않고
그대가 안에서 곪다 터졌더라면
나는 아픈 줄도 모른 채
갑자기 야단법석 벌였을텐데

고맙게도 그대가 밖으로 드러나
몸조심하라며 빨간불 활짝 켜주니
그대는 참으로 관세음보살이요
그대는 속으로 참는 엄마 맘,

꼬무락지를 보니 알 수 있겠더군
사랑은 겉으로 나타내야 한다는 것을
마음으로만 하는 사랑은 골병이 되고
드러내 함께 나눠야 점점 커진다는 것을

*꼬무락지 : 뾰루지의 충남 사투리. 뾰족하게 부어오른 작은 부스럼. 한자로는 종기腫氣.

억겁의 인연
–사랑29

참고 참았던 봄비가 오시는 날
잠결에 들리는 낙숫물 노래에
문득 억겁의 인연이 실려 오더군

까마득한 날이 처음 열린 뒤
백사장 모래알보다 더 많은 날들이 피었단 지고
까마득한 날이 다시 열릴 때까지*

그렇게 길고 많은 사연이
억만년을 흘러야만 비로소
함께 사는 연을 만들 수 있다더군

다리에 붕대를 감긴 토끼가
붕대를 푸는 데 집착하다 고통스럽게 죽거나
풀리지 않음을 알고 붕대와 더불어 사는 건

살다가 마주치는 온갖 선택을
긍정적이고 미래지향적으로 하라는 것,
가뭄 끝에 단비가 소곤소곤 알려 주더군

*이육사 시인의 시 〈광야〉에서 모셔옴.

실

-사랑30

실은

타래에 가지런히 감겨있을 때보다

실은

타래를 벗어나 술술 풀려 나갈 때

실은

살아 움직여 기적을 만들어 낸다

실은

너와 나의 끝없는 우연과 필연의 옷 짜기

실은

팍팍한 세상 살 맛, 나게 하는 끈끈이주걱이다

그해 가을

-사랑31

느끼며 보내든 그렇지 않든
콩콩 뛰는 마음으로 보낸 짧은 봄
길고 힘든 여름 더 짧게 이별한 뒤
푸른 들녘 황금물결 수놓은 가을 낙엽 밟는
고독 씹을 때쯤 새로운 모습 그리려 한다

한 때의 겨울 치우면
그만큼 탄탄해지는 삶
또 한 겨울 사뿐하게 건너면
그만큼 아름다워지는 인생
그리곤 잠깐 끊긴 길 다시 잇는다

많이 먹먹했고
많이 글썽거렸고
많이 빙긋 웃었다
그리고 채웠다
그리움으로 소중한 꿈

지금은 그만큼 머~언
아직 많은 아픔 겪어야
사랑할 수 있으리
눈물로 아픔 딛을 때
멋진 사랑 지을 게다

모닥불

-사랑32

발갛게 타오르는
장작과 같이

하얀 여운 남기는
모닥불처럼

잔잔한 사연 주는
한강 물결에

울화통 배 둥실 떠
한 시름 풀고

틱 틱 틱 앙살하며
달리는 시침

거스를 수 없으니
놓아 주려마

이사랏꽃

–사랑33

함박눈처럼 백설기인 듯 하얀 꽃
모내기 앞두고 성큼성큼 익어갑니다
이사랏, 첫사랑 빰 닮아 발간 오월,
당신은 아픈 삶 멍에 진 천사입니다

인생은 헝클어지기 쉬운 실타래
낙원은 머릿속에서 날아다니고
가슴은 늘 시커먼 숯에 불당기는데
손발은 어느 장단 맞출지 헷갈립니다

계절의 여왕인 오월에 장미가 피면
살림이 운명 따라 어긋나 흐르고
누구는 웃고 누구는 울고 누구는
실심失心한 듯 무심한 듯 무덤덤하고

강물이 비바람 결에 출렁이듯
저절로 도는 우주는 멈추지 않아
사람들 모여 사는 풍경화 그리며
황사 코로나 뚫은 사랑 피워냅니다

*이사랏 : 앵두櫻桃의 우리 말.

코로나

-사랑34

보이지도 들리지도 맡아지지도
않는 그대가, 사람들의 높디높음
콧대, 꺾일 줄 모르는 아집, 제동
장치 없는 전진을, 한 방에 때려
눕히고, 청춘을 흔들어 훔쳐갔어도

나는 굽히지 않았다
나는 마스크 꼭꼭 쓰고
우리는 사회적 거리 두고
우리는 너를 이겨내고자
우리는 한 마음 한 뜻 되었다

배달 겨레여
코로나에 잔뜩 움츠린 그대여
가정의 달 5월을 맞이했어도
5인 이상 모임 금지 멍에에 걸린 그대여
꺾일지언정 구부러지지 않는 얼로
파렴치한 바이러스를 물리칠 그대여

오월

-사랑35

티끌 하나 없는 오월 하늘을 바라보고
반란을 꿈꾸며 시詩발 한 줌 줍는데

눈 뜰 수 없는 오월의 햇살에
눈 뜰 수 없었던 그해 오월이

하얗게 질린 아까시 향기로 다가선다
제 할 일 다 끝낸 꽃들이 아름답게 퇴장하고

잎들이 이어받아 열매 키우고 있는 걸
욕심에 쩐 사람들만 깨닫지 못하는데

동백의 빨간 순사殉死에 버리지도 내려놓지도
못한 채, 손으로 물을 잡으려고만 하는 미련,

다 큰 새끼를 둥지 밖으로 끌어내려고
굶주림과 먹이로 꼬드기는 어미 새 한 마리가

징그러워지는 나뭇잎 위에 꽂힌다
아픔 없는 삶이 어디 있느냐고

고통을 피하면 바로 죽음이라고
하루, 하루 그늘의 깊이를 재보라고

고타마 싯타르타
-사랑36

달도 숨었더라
내가 그리 가르쳤느냐고
아파서 맑게 보여주시길
꺼려하더라

흐느낌이었더라
제발 나를 팔아 배 불리지 말고
사는 게 힘든 그 사람들

그들에게
보리 맘 베풀라는
하소연이었더라

고타마 싯타르타의
그 맘이었더라

수다
-사랑37

보랏빛 초여름에 꿀벌이 빠졌더군
살랑거리는 바람에 하늘하늘 흔들리며
앞뒤 없이 떠오르는 대로 하소연하며

아까시 하얀 내음에 길도 살짝 비끼고
받아주는 게 어렵다며, 으레 함께 한다며
먼 사람이 하는 건 잘 들으면서도
내 삶과 네 삶의 거리 뛰어넘는 것이
어려운 게, 사는 것

그믐에도 달이 뜨더군
먹구름 속에도 해가 살고
노란 양은 막걸리 잔에 수다가 흐르며
계절의 여왕에 귀천한 사람이 아파도

흐드러지던 꽃들이 지고
야들야들하던 잎사귀들이 징그러워지며
사랑은 그렇게 흐르며 크더군

응징
-사랑38

그냥 지나칠 수 없는 유혹이었다

여름을 재촉하는 시우時雨가
목마른 돌이끼를 촉촉하게 적시며
파릇파릇 보낸 눈짓은 함정이었다

스승을 잊고 땡땡이친 것을
응징하는 마땅한 벌이었다

용문사 가는 길, 도랑 옆에
새색시처럼 살갑게 핀 산딸기꽃

애정과 질투를 한껏 품은
시간을 붙잡으려다 벌렁 넘어진 건
일단정지 건널목이었다

축축한 옷에
벌렁대는 가슴에
욱신거리는 엉덩이가

사랑은 유혹에서 벗어나는 거라고
깔깔대며 알려주고 있었다

편지
-사랑39

기억이 자꾸 흔들린단다
나이라는 훼방꾼 탓만은 아닐 텐데
단 하나의 실마리도 살려내지 못한 채
세월과 증거 앞에 겸손 하라는 채찍이
등짝을 사정없이 후려친단다

하나를 얻으면 또 하나를 잃고
하나를 만나면 또 하나를 잊고
앞서거니 뒤서거니 하며 시간은
쉴 새 없이 삶을 감시하면서
오늘도 엄숙하게 황혼을 맞이한단다

누군가가 나의 삶을 지켜보고 있다는 생각이
앞으로 나를 붙잡고 늘어질 모양이다
기꺼이 광대가 되어 보련다*

오래된 짐에 시간이 숨어 있었고
젊었을 때부터 계획이 있었을까
단 한 순간도 허투루 보내서는
먼 뒷날 카운터 블로로 돌아온다는
가르침으로 정수리에 꽂혔단다

*4321년(1988년) 12월24일, 후배에게 보낸 편시 일부. 편지를 받았던 후배가 그 편지를 찍어 보내줬는데, 이런 내용의 편지를 보냈던 기억이 하나도 없어 신기했다.

노트북

-사랑40

노트북도 가끔 나를

무식하다고 깔보더군

아무리 이것저것 두드려 봐도

푸른 화면으로 선문답 하더니

부랴부랴 달려간 서비스센터 전문가

손가락 한두 번 움직임에 얄밉게 굴복하더군

기 싸움에 진 것인지

모르는 놈들 애먹이려는 것인지

노트북의 소리 없는 몽니에

문득 그대의 얼굴이 떠오르더군

빨간 장미
-사랑41

그대는
누구의 치열한 삶
되살려 놓았기에
이다지도 붉은 것이냐

해가 부지런히 뜨고 떠
꽃들을 열매로 바꾸는
소만을 잊지 않고 달려온
축하사절단인 듯

찔레꽃의 순수한 향기와
작약 꽃술의 화려한 유혹과
양귀비의 발그레한 농염을
하나로 묶는 산딸나무 결백인 듯

도도한 그대에게 묻는다
오월 아픔 안은 그대여
빨갛게 차지한 그 많은 영예를
어떻게 풀어 세상 적시려느냐

하나와 둘

-사랑42

앞에선 둘인 듯 하고

뒤에선 하나로 맞잡아

하나인 듯 둘이고

둘인 듯 하나인 몸

하루 이틀에 맺어진 게 아니라

한 해 두 해 마주한 게 아니라

머리가 파 뿌리 되도록

지켜보던 사람들, 하나 둘 떠난 뒤에도

둘은 더욱 더 하나 되고

하나는 더욱 더 둘이 되고

*내장사內藏寺 정혜루定慧樓 앞 은행나무. 두 그루인 듯,
한 그루인 듯 보인다.

매운 꽃

-사랑43

오월 아까시 꽃에선
매운 사연이 피어나더군

봄 내내 쌓인 큰 사랑이
한 줄기 곡우 소만 비로 뿌리고

파릇 푸릇 적신 초여름
시간과 공간이 뒤틀려지며

가슴과 머리, 손가락질에 머물
틈, 기대는 언덕 구석구석 보듬더군

벌 나비조차 숨 막혀 질식하고
찔레 장미 밤꽃 닮아 발개지며

하얀 머리 다소곳이 묶은 오월엔
검고 매운 씨앗이 가득 담겼더군

직선과 곡선
–사랑44

삶은 직선이 아니란다
서울에서 부산까지 곧게 뻗은
케이티엑스처럼 쉼 없이 요란하게
달리는 고속 급행열차가 아니고

삶은 곡선이란다
굽이마다 얼레지 다람쥐 넉넉한 그늘이
반겨주는 꾸불꾸불 오솔길처럼
고비마다 눈물과 웃음이 마주하듯

삶은 성적순이 아니란다
학교는 인생의 겨우 이십오 프로,
정답 없는 삶에서 해답 찾아가는
여행에선 스스로를 믿는 게 비결,

삶은 곧은길에 주눅 들지 않는 것
남이 가는 길에 한눈팔지 않는 것
걷다가 지치면 쉬었다 가는 것
달걀처럼 둥글둥글하게 사는 것

강계열 할머니
–사랑45

사랑이더라
아흔다섯까지 정정하게 살 수 있는 건
열넷에 만나 일흔여섯 해 하루같이
곰살갑게 곰비임비 함께 쌓아온
참 마음 덕분이더라

사랑이더라
한겨울 모진 시냇물과 눈보라 이겨낸 건
빨개진 두 손 발개진 볼 따듯하게 어루만지며
하늘에서 받은 마음 그대로 드러낸
진짜배기 겨울, 이기는 봄 마음이더라

사랑이더라
돌아올 수 없는 강 웃음으로 건넌 건
건너지 말라는 눈물 다소곳이 씻어주며
때 됐으니 가야 한다는 것 알려준 노래
살며시 손수건 꺼내게 한 사랑 감추기더라

진실은

–사랑46

눈에 보인다고

모두 진실이 아니더군

정면에서 보면 무서운 범인데

옆으로 돌아서면 귀여운 다람쥐

옆에서 보면 멋진 달항아리인데

앞에서 보면 은은한 보름달

내 자리 내 눈만이

옳다고 진실이라고

네가 잘못 본 것이라고

네가 틀렸다고 우기는 건

하나만 알고 둘은 모르고

우물 안을 우주로 착각하는 것이더군

흐르는 강물처럼

-사랑47

가지 많은 나무엔 바람이 잦고
열 손가락 깨물어 안 아픈 게 없으니
흐르는 강물처럼 살 일이다*

결국 모든 것은 하나로 합쳐지듯
삶은 바람처럼 흐르고
바람은 강물 타고 삶으로 불어온다

인생은 예술작품이 아니고
순간이 영원하지 않아도
영원히 이해할 수 없어도

흐르는 강물처럼
언제나 끊임없이 흐르고 흘러
완전히 사랑하며 살 일이다

아픔은 저 물결에 떠나보내고
기쁨은 저 바람과 함께 나누고
사랑은 저 삶결에 무늬 더하며

*흐르는 강물처럼 : 노먼 맥클린의 소설을
로버트 레드퍼드 감독이 1992년에 만든 영화.
크레이그 셰퍼(형 노먼 맥클린 역)와
브래드 피트(동생 폴 맥클린 역)

핑계

–사랑48

툭 터놓고

거리낌 없이

해야 할 말 그대로 하는 게

사랑이더라

사랑은

말이 필요 없다는 것

진정한 사랑은

마음으로 충분하다는 것

그건 핑계더라

그저 빙긋이 웃으며

그깟 말 왜 해야 하냐고

묻는 건 비겁하게 도망가는 것

진짜 사랑은

함께 고민하고

함께 좋은 방안 만들어내려고

화끈거림 이겨내고 말하는 것이더라

상처
-사랑49

너무 아파하지 마오
너무 괴로워도 마오

사는 건 날마다 틀리는 거
사는 건 달마다 외로운 거

사람은 늘 잘못하며 살게 마련이라오
사람은 늘 잘못하고 반성하며 산다오

남은 내가 아니라는 거
남은 나의 거울이라는 거

나를 지키는 믿음이 소중하다오
나를 지키는 맘과 힘이 필요하다오

아픔이 지나가고 진실만 남는 것
외로움 이겨내고 사랑이 사는 것

화딱지

–사랑50

대거리 하다
더 화딱지 나면
씩씩거리며 쓰윽 나선다
고장난명을 믿으며…

한참 걸어도
삭지 않으면
슬쩍 막걸리 한 잔 하며
아부지 생각하고,

때 맞춰
구름 깜박거리면
훙얼훙얼
삿대질 하며 돌아선다

삶이란
주정 없이 주정하는 일인극,
왜 그러냐고 따지는 건
때 모르는 철부지

제3장, 시를 주워주는 사랑

한사람
-사랑51

여기 한사람이 있습니다
된장국처럼 구수한 미소가 피어나고
한 번 봤어도 오랜 지기처럼
넉넉한 사람입니다

한사람이 있어 힘이 납니다
소금물 흘리며 찾아다닌 구석구석이
한사람의 다리 품에
꽃으로 살며시 말짓합니다

한사람이 제목을 말하고
한사람이 시를 쓰고
한사람이 시를 읽고
한사람이 시를 나눕니다

한사람이 있어 행복하게 시를 만나고
한사람이 있어 시를 가득 줍고
한사람이 있어 삶이 시가 됩니다
한사람이 있어 오늘도 시가 깨어납니다

도롱뇽

–사랑52

느닷없이 쏟아진

소나기 뚫고

문득 몰아오는

바람을 탔네

백사실 계곡지기

도롱뇽에게

말없이 전해받은

지혜 한 움큼

오월 좋은 보름달

올곧게 왔네

바람의 주인
-사랑53

바람의 주인은 누구일까
해일까, 달일까, 조화옹일까

문득 바람이 불어
삼십이 도까지 치솟은
땀을, 달래려는 바람이 불어

마음 가는 대로
발이 움직이는 대로
걷는다

하얗게 핀 까마중 꽃과
노랗게 웃는 야관문과
칠월의 여인 능소화의
인사를 받으며
바람의 주인을 찾으려는데,

한가람 바람이
땀방울을 팔분음표로 바꾸고
서녘 하늘 발갛게 물들이는

햇살은
　사랑에 연서를 풀어놓고
있었다

　한 줄 한 줄
　끊어질 듯 이어질 듯
　하루하루 시어들을 쌓고
있었다

눈높이
–사랑54

같은 하늘 아래에 살며
같은 땅에서 숨 쉬어도
같은 사람은 찾아보기 힘들고
삶 결도 사람마다 다른 건

사람마다 눈높이가 달라서란다
한, 서른 해쯤 뒤에 문득 만난
옛 벗의 기억이 다르니
하는 말마다 서로 엇나가고

비린내 나는 같은 생선도
맛있게 먹는 사람과
두리안보다 더 싫어하는 사람이
화성과 금성 사이만큼 멀기만 한데

나 살려고 남을 등치고
나 좋으려고 절친을 빼앗는
비인간들의 꼴사나운 싸움을
하 하 하, 웃음으로 보낼 수 없어

움츠러든단다, 속으로 속으로만
눈물샘이 터진단다, 고장 난 수도꼭지처럼
텅텅 비워진단다, 그날의 허무인 듯
부풀어 오른단다, 저 하늘 꿈으로

사랑방정식
-사랑55

사랑은 함께 나누는 것
기쁨은 함께 나눠서 커지고
아픔은 함께 나눠서 작아지는

천재가 한 평생 연구한
그 어떤 논리와 이성으로도 풀 수 없었던
사랑 방정식*

조현병으로 정신병원에 9년 동안이나 입원했던
남편을 떠났으되 떠나지 않고 끝까지 보살피며
정상으로 돌아오도록 이끌어 준 바로 그 사랑

스물둘 박사과정 2학년 때 발표한 논문으로
예순여섯 살에 노벨경제학상을 받은 것은
뛰어난 머리와 아름다운 마음의 사랑 범벅이었고

노벨상을 받고 집으로 돌아가던 길에
교통사고로 함께 저 세상으로 돌아간 것은
뇌섹과 심섹을 영원히 하나로 만든 사랑이었다

*존 내쉬(1928~2015) 프린스턴대 교수가 1994년
노벨경제학상 수상식에서 아내 앨리샤 라지의 고마움을 담아
한 수상연설 중에서….

눈말

-사랑56

할 말을 술 잔에 담아도
제대로 할 수 없다는 걸
석 잔 넘게 들이키니
내 가슴이 떨리어도

예의범절 핑계 대고
술 한 쪽 들이밀고
무더운 습기 속에
아쉬운 맘 보내옵고

못다 한 마음 마음
한가람 노을 안주 삼아
그 님들 하고자 한 뜻
거푸 거푸 들이키고

햇님도 아쉬운 듯
반딧불 보내려다
죽음 먼지 심한 탓에
설익은 연 고자질도

그대 마음 무척 밝아
나를 나를 믿지 않네
입 말을 정녕 못했어도
눈 말로 깊게 전했으니

흐르는 게 어찌 비뿐이랴

-사랑57

흐르는 게 어찌 비뿐이랴
서럽도록 파랗게 펼쳐지던 하늘
뒤로 참고 참았던 눈물 쏟아내듯
흐느끼듯 창문 두드리며 주룩주룩
내리는 것이 어찌 장맛비뿐이랴

지금 흐르는 건 핏물이것다
모진 세상 힘들게 살다
온 곳으로 되돌아가려고 해도
떠난 사람 말없이 내려놓으려 해도
남은 사람들이 치고받으며 만드는 핏물

비는 멈추지만
장마전선 물러가는 때 되면
저절로 멈추고 눈부신 햇살 찾아오지만
땀은 핏물로 멈추지 않것다
서로 엉켜 물어뜯어 그칠 새 없것다

나무

–사랑58

나무는 꿈을 먹고 사람이 되고
사람은 꿈 마시고 숲이 되었네

코로나에, 마스크에, 무더위에
헐떡거리며 죽은 듯 머물러 있어도
꿈은 살아 꿈틀대며 꿈 숲 이루고

손에 손 맞잡은 사람은
엄마 사랑 듬뿍 베푸는 나무로 사네

나무가 있어 꿈 키우고
나무가 있어 불볕더위 식히며
나무가 있어 살 맛 나는 세상 만드니

서두르지도 안달하지도 않네
하루 하루 차곡 차곡

나무는 사람으로 꿈을 키우고
사람은 나무로 숲을 활짝 펼치니
나무는 사람과 함께 꿈꾸는 벗이라네

오봉급랭삼겹살

-사랑59

살다가
사는 게 힘들면
그냥 들렀다 가세요

살다가
사는 게 괴로우면
그냥 들러서 날려버리세요

산다는 건
힘들고 괴로운 것만도 아니고
즐겁고 행복하고 살맛나는 거잖아요

코로나가 무더위가
아무리 잘 났다고 힘자랑해도
제 살 수명은 정해져 있으니까요

힘들고 괴로우면
아무 말 없이 그냥 왔다
한 잔 쭈~욱 들이키고 가세요

쌓인 한 숨 크게 내시면
숨어서 기다리던 기쁨이 눈짓하고
모든 게 다 잘 될 거에요, 진짜예요

*오봉급랭삼겹살 : 지하철 2호선 구의역 1번 출구에서 가깝다.

수택절

–사랑60

바람이 부니 바람직하고
바람이 자니 잠잠한 건
물이 못을 만나 스스로 멈추듯
무더위에 시달린 몸과 마음을
지나치지 않게 워~워~ 하는 것

어려움을 만나도 즐겁게 일하고
마땅한 자리에서 선을 지키며
올바름으로 중심을 지켜나가면
하늘과 땅이 사계절 맞춰 펼치듯
사람이 다치지 않고 잘 사는 것

때가 아니면 집에서 기다리고
때가 익으면 나아가 기회 잡아
때에 따라 해야 할 일 달콤하게 하고
때가 아닐 땐 참으며 기다리면
하는 일마다 술술 기쁘게 풀린단다

뜻짓
-사랑61

별이 파란 하늘에서 뜻짓합니다
두 손 뻗어 날 잡으라는 반짝임입니다
나무도 두 팔 벌려 응원합니다
자꾸 가지 뻗다 보면 저 별에 닿을 거라고,

그림이 코로나를 이겨낸다고 속삭입니다
에어컨도 앙살할 만큼 뜨거운 삼복을
땅과 산을 본받아, 하고 싶은 말을
하늘과 땅의 시로 고요히 풀어냅니다

문득 샛바람이 말을 겁니다
우리 그림 시로 무더위와 사귈까
싫다고 밀어내면 자꾸 달라붙고
좋다고 쫓아다니면 더욱 멀어지잖아…

하늬바람은 좋다고 살랑거리고
마파람도 성급하게 으르렁 댑니다
높새바람은 마지못한 듯
가을의 전령사, 귀뚜라미를 보내줍니다

후배
-사랑62

얼굴에 밝은 미소 띠었다고
마음까지 환하게 웃겠느냐

안에서 보는 것과
밖에서 듣는 것이 다르듯

코로나로 자녀 입시로
물난리로 집안사람 병치레로

마음 가벼워도 발은 무거운 것
발걸음 무거워도 삶은 소중한 것

가벼움과 무거움, 밝음과 찡그림
모두 털고 훌쩍 떠나면 그뿐

남는 건 미련이라, 추억은 함께 가고
추억이 쌓이면 삶이 넉넉해지나니

불볕더위 비바람에 그리움 띄우고
하늬바람 꽃향기에 웃음으로 돌아오나니

시간은 늘 능수버들로 흐르고
삶은 스스로 그렇듯 언제나 곡선이나니

나탈리아 파르티카

-사랑63

날 때부터 오른쪽 손과 팔뚝이 없었다
손이 없다고 탁구를 못하는 건 아니었다
일곱 살 때 라켓을 잡았다
열한 살 때 가장 어린 나이로
시드니 패럴림픽에 참가한 뒤
런던 패럴림픽까지 4회 연속
금메달을 거머쥐었다

2008년부터는 올림픽에도 참가했다
런던 올림픽에선 32강에 진출했고
2014년엔 세계랭킹이 54위까지 뛰었다
2017년 카타르오픈에서 8강에 올랐고
도쿄올림픽 단체전에서 최효주 신유빈과
맞붙어 2대3으로 졌으나
끝까지 땀을 쥐게 하는 명승부 펼쳤다

더 이상 장애를 거론하지 마라
장애 없는 선수들이 하는 모든 것을 한다
장애는 내게 아무런 의미가 없다*
서른세 살 파르티카는 우리 모두의 스승이었다

*파르티카가 런던올림픽 때 장애 관련 질문을 받고 한 말.

삶
사랑64

서른 해 지나 마주 앉아 술잔 기울인다
마음은 그때 그대로인데 몸은 다르다
집에 가자는 애와 더 있어 보자는 애가
싸움 벌인다, 젊었을 땐 없던 다툼이다

가끔은 아쉽기도 하다
이대로 그냥 밤새워도 좋은데
마음뿐이다
생각이 다른 만큼 거리도 먼데,

삶이란 쓸데없이 걱정하는 놈일까
저 혼자 맘대로 웃다가 울다가
제 멋에 지쳐 제풀에 쓰러진다
누구도 보지 않는 곳에서 혼자 헷갈리고

한 잔 두 잔 겹치면 만날까…
하다가, 다시 아닌 듯 멀어진다
평행선도 저 먼 끝에선 만나기도 한다는데
무심한 너는 그 아픔을 알기나 할까

과유불급

-사랑65

가장 좋아하는 것도
지나치면 안된다고
시우詩友 막걸리가
알려주더군

사랑하는 것에
너무 달라붙어
불타버리면
되돌릴 수 없는 것

조금씩 조금씩
천천히 천천히
후 후 불면서
식혀 가는 게

오래 마실 수 있다는 것
후회하지 않고 즐긴다는 것
삶 살리는 생명수가
무궁화꽃을 피우며 알려 주더군

음봉막걸리
-사랑66

사랑은 꽉 찬 보름달
온 누리 은은하게 비추고

사랑은 하얀 이슬 해
벼 이삭 익어 고개 숙이네

사랑은 음봉 막걸리*
사는 시름 텁텁이 달래고

사랑은 천지인 다 함咸
두 기운 모여 고루 베푸네

사랑은 푸근한 엄마 품
얽힌 실타래 술술술 풀고

사랑은 마주 보는 밤
지친 하루 포근히 감싸네

사랑은 넉넉한 비움
당신 멋져를 즐겁게 실천하고

사랑은 열은 목화 꽃
겨울 이겨 낼 솜옷 만드네

*음봉막걸리 : 고향 충남 아산시 음봉면에서 만드는 막걸리.

열매샘더위

-사랑67

말복이 지나고
열매샘더위가 가마솥처럼 뜨거운 오후
콘크리트 포위를 뚫고
노랗게 피어 있는
너를 보고 알았지

신은
보이지 않는 말씀을
들리지 않는 약속을
너에게 심어 알려준다는 것을
그래, 그런 거였어

사랑은 거저 오는 게 아니었지
견디기 힘든 무더위를 헤치고
무서운 천둥번개를 이겨내고서야
방긋 웃음으로 다가오는 게
사랑이란 걸, 너에게서 깨달았어

*열매샘더위 : 봄이 오는 것을 시새우는 꽃샘추위처럼
가을 오는 것을 시샘하는 더위

원숭이두창

–사랑68

혹이라고도 하고
부스럼이라고 부르던 네가
어느 날 문득
수두라고 두런대다가
원숭이두창이라며 쉬쉬 하는 걸

보고
듣고
맡고
느낀 뒤
난 내가 아니었다

그런 날은
차라리
음봉막걸리
한 잔이 좋았다
쓸쓸하게

사랑은
사랑이었을까 하는
되물음과
사랑은 그저 웃는 것이라고 하는
아주 조그만 사이라는 것

파란나라

-사랑69

파란 비탈에 하얀 구름 내려와
연두 빛 향기가 솔솔 피어난다

우뚝 선 나무 사이로
오가는 길 열리고

날들이 모여 달이 되고
달들이 모여 해가 뜨고

가슴 사연들 따듯하게 이어주듯
해들이 모여 사랑이 영근다

사랑이 모여 만든 향기가
녹차를 타고 사람 녹이며

살랑 사알랑 부는 가을을
코스모스 깨워 재촉한다

매미와 귀뚜라미가
스스로 가고 스스로 오는 때

엄마 품에 바람이 분다
넉넉한 삶 고르는 사랑 바람

단성사
-사랑70

마음이 없으면
봐도 보이지 않고
들어도 들리지 않으며
먹어도 그 맛을 모른단다
마음이 눈 귀 입이란 걸

장군의 아들과 서편제 보러
수없이 들고났어도 이곳이
해월이 교수형 당한
좌포도청 터였다는 게
마흔 해 흐른 뒤에야 겨우
눈에 들어왔다

우수에만 비 내리는 게 아니고
백로에만 이슬 맺히는 것 아니듯
광장시장에만 빈대떡이 있고
신진시장에만 곱창구이가 있는 게
아니란 것도 한참 지나서야 알았다

아는 게 아는 게 아니니
안다고 우쭐대는 게 얼마나
보잘것없는 지도 오늘 또
새삼스럽게 가슴을 덮쳤다
수없이 찔려 바람이 숭숭 뚫렸다

*〈대학大學〉〈정심正心〉.
심부재언心不在焉 시이불견視而不見 청이불문聽而不聞 식이부지기미食而不知其味.

가을

-사랑71

그대는 뉘 마음씨 고운 이 자식이기에
오게 돼 있는 길 충청도 할아버지처럼
뒷짐 지고 느긋느긋 속 터지게 오시나요

당신은 뉘 소꿉장난 개구쟁이 벗이기에
하굣길 천둥 번개와 술래잡기 하며
뭉게구름 괴롭히는 심술 잔뜩 부리나요

그대는 당신의 가장 가까운 사람과
글 읽고 유람 다니기 딱 좋은 때
독서로 마음 닦고 여행으로 몸 다스리고

그대와 가까운 다른 이는
그냥 앉아만 있어도 끈적거려 괴로워도
그대에게 함박웃음 지을 오곡백과 키우기에

그렇게 참으며 그렇게 목 빼고 기다리는데
그대는 뉘와 눈 맞고 배 맞아 시시덕거리느라
내 마음 그리 숯덩이보다 까맣게 애태우나요

그렇게 좋아 그렇게 동구 밖에서 동동거렸는데
가마솥 무더위에 더위 먹어 비실비실 대느라
때의 문 여는 가을 열차 놓치셨나요

첫사랑 빼다 박은 그대여!
내 두 눈을 토끼 눈, 내 목을 학 모가지
내 가슴을 숯덩이 만든 야속한 그대여!

느릿느릿 왔으니 갈 때는 더 꾸물꾸물 대며
다른 이 꼬드김, 다른 사람 애원 싹둑 자르듯
단숨에 떨치고 길고 긴 가을 함께 지내세요

결
-사랑72

귀 기울여 보세요
느껴지지 않나요
결 흐르는 소리요

여름에서 가을로 넘어가는 때
며느리 홀로 쬐는 햇살 사이로
살랑살랑 하늬바람 출렁이네요

여러 결이 몰려와요
윤슬 너울 반짝이는 물결
낙엽 휘몰아 다그치는 숨결
매미 귀뚜라미 아쉬운 소리 결
오고 가는 사람들 생각 결
삶 결 마음 결

맘에 맞는 결 골라 보세요
외로운 사람은 사랑 결
슬픈 사람은 즐거움 결
아픈 사람은 병나음 결
행복한 사람은 겸손 결

결이 보이지 않나요
발걸음 멈추고 눈 감아 보세요
귓가에 마음에 꿈결 담은 가을 결
문득 다가올 거예요

정선의 가을
-사랑73

가을이 내린다
함백산 만항재 바람 타고
시냇물 노래 반주로 삼아
추남秋男 가슴으로 가을이 스민다

가을은 사랑이어라
노랑 빨강 국화 향기로
발갛게 익어가는 고추 매움으로
물 건너 강아지들 질투로
사랑은 사람이어라

다람쥐 쳇바퀴 툭툭 털고
바람으로 달려온 정선旌善에
가을이 내리고
사랑이 낙엽에 저절로 박힌다

사랑아

-사랑74

마음을 붉게 태운 그님을 기다리다

더이상 못 버텨서 숯덩이로 숨죽이나

사랑아 어서 오너라 애간장 다 녹는다

붉으면 붉을수록 고추는 신이 나고

누르면 누를수록 농부는 춤을 춘다

사랑아 오래 머물러 풍년가를 울려라

그이를 그리다가 해와 달 또 바뀌니

검으면 검을수록 갈 길은 오직 하나

사랑아 많이 만들어 팍팍한 삶 펼쳐라

만나면 떠난다고 그 누가 정했는가

간 사람 다시 오는 거짓말 믿었는가

사랑아 떠나지 말고 모진 바람 막아라

감자탕
-사랑75

감자탕에
진하게 우러나는 사랑
기다리던 여러 약속
비빔밥 비비듯 쓱쓱 비비고

수제비 곱게 빚듯
보글보글 끓여낸 예쁜 마음
큰 국자 작게 만들며
도타운 정이 흐르고 넘쳤다

아!, 되돌아보니 알겠더라
그렇게 발간 모습으로
주춤주춤 떼어놓지 못한 발걸음이
수제비로 감자탕에 녹아들었다는 것을

허겁지겁 먹고 마신 뒤
배 두드리며 땅속으로 휘달릴 때야
비로소 충청도처럼 문득 보이더라
지그시 감은 눈에 맺힌 눈물이

제4장, 화딱지 나도 돌아오는 사랑

물
–사랑76

물속은 엄마 품입니다
물속에 아버지가 살아계십니다
물속에 나도 헤엄칩니다

따듯합니다, 편안합니다
이대로 쭈~욱 이어집니다
목소리가 들립니다

어려움 속에서 빛을 찾는 소리
코로나 이겨내려는 격려의 소리
함께 저 높은 곳으로 가자는 소리

바로 어린이 마음입니다
어느 것 하나 숨기지 않고
있는 그대로의 참된 소리입니다

돌아서면 쏟아지는 눈물로 익는
바로 나입니다
바로 그대입니다

여수밤바다
–사랑77

우리는 오늘
여수밤바다에서
부자가 되었다

사는 게 힘들고
일이 잘 풀리지 않을 때
보통사람은 감기몸살에 걸리고
부자는 여행을 떠난다 했으니

코로나의 몽니를 뚫고
하루하루의 톱니바퀴를 벗어나
쑥섬 원시림에서 시간여행 즐긴 뒤

여자만 한려수도 가슴에 담고
한가위 보름달 안주 삼아
해물삼합 반주 듣고 있으니
막걸리에 진한 추억 새겼으니

살살이꽃

–사랑78

코끝을 스치는 가을바람에
스멀스멀 피어나는 그대의
모습이, 가슴 설레게 했던
스물하나 그해의 가을 날

고추잠자리 얼굴 붉히며 높게 날았고
귀뚜라미 정답게 부르는 세레나데도
축축한 땅과 따가운 햇살을 듬뿍 문
촌뜨기 순정을 받아주지 않은 그대

새로 이 나라에 들어온 뒤에
따듯한 울타리 박차고 뛰어나가
거친 들판의 자유를 맘껏 누리고
눈의 따끔거림과 종기 달래주었던

우주를 품에 안은 그대여
사랑을 시험했던 개구쟁이여
살살이꽃 살가운 그대여
추영秋英이기도 한 그리운 그대여

*살살이꽃 : 코스모스의 순우리말. 꽃말은 소녀의 순정.

소노캄

-사랑79

화딱지 나도
돌아오는 게
사랑이더라

뚜껑 열리는
울분도
그 순간 지나면 쑥스러움

하루 이틀 사흘
쌓이고 쌓이다 보니
문득 알겠더라

사는 건 참는 것
어른은 더 참는 것
성인은 더 더 참는 것

바람은 비가 되고
비는 울화통 되고
울화통은 안주 된다는 것

님의 손짓

–사랑80

님의 손짓이 알려 주었다

커다란 산이 스스로 낮춰
땅 아래로 들어가는 마음으로
많은 것을 덜어 적은 곳에 보태고
바른 저울로 재물을 고르게 나누라고

그런 사람이 오복을 크게 누리고
그런 나라가 어울려 잘 산다고

님의 손짓이 노래하고 있다

아무리 입을 막고
아무리 눈을 가려도
사람은 사람에게 곁을 내주고
분홍빛 사랑으로 서로 품어야

살랑살랑 불어오는 봄바람 타고
몽실몽실 피어나는 신바람 싣는다고

기울임

–사랑81

사랑은 기울이는 거래요

마음 가득 담아 귀 기울이고

가슴 크게 벌려 눈 기울이고

사랑 그득 품어 입 기울이고

기울이고 기울이고 기울이는 거래요

잎은 기울여 꽃 피우고

꽃은 기울여 열매 맺고

열맨 기울여 새싹 틔우고

새싹은 기울여 잎이 되고

돌고 돌아 앞으로 나아가는 거래요

들국화
-사랑82

남에게 보여주기 위해
짧아지는 가을볕 담아
듬뿍 피는 게 아닙니다

꿀벌에게 나머지 숙제하라고
계절의 끝 향기를 모아
노랗게 피는 것도 아닙니다

오로지 순수한 사랑 펼치려고
속으로 갖고 있는 모든 것을
얼굴 노래지도록 뿜어낸 짝사랑,

얼음새꽃 개나리 감꽃 은행으로
이어지는 노랑의 관세음보살이
술로 전으로 떡으로 향긋한 차로

몸과 마음을 흠뻑 달여 내
위와 장을 편하게 달래주고
감기와 눈 질환을 고치려
마지막 힘 모읍니다

붉은 흙
-사랑83

굳어져 찢어진다고
나를 잃는 건 아닙니다

눌리고 밟혀 찌그러진다고
내가 없어지는 것도 아닙니다

굳고 찢어져도
생명의 물 만나면
되살아나고

눌려 찌그러져도
뜨거운 불 닿으면
다시 찾는답니다

아파하지 마세요
뒤돌아 눈물도 맛보지 마세요

나는 죽지 않는 붉은 흙
그는 거듭나는 쇠붙이니까요

결혼기념일
-사랑84

하늘이 가장 아름다운
오늘은 아주 특별한 날
둘이 하나로 시작한 날

서른세 해 동안
지지고 볶고, 울고 웃고, 싸우고 풀며
딸 둘 아들 둘 빨간 떡잎부터
아름드리나무로 자람에 씨름하며

하루를 삼추처럼
까만 머리 반백 되고
꽃 안경으로 사는 나날

문득 한 소식 들린다
지나온 만천육백 날, 앞으로 살 만날
다독거리기 위한 연습이었다며
살포시 지나가는 바람이 찡긋한다

다 채우려 하지 말고
모든 것 다 하려 말고
하나 둘 자꾸 벌리지 말고

하나만 잘 챙기라고
하나에만 집중하라고
하나로만 살아가라고
하나가 바로 모두라고

아모르파티

-사랑85

소중한 건 눈에 보이지 않아요
헛것 손바닥은 늘 혼자 흔들리고
엇갈린 오징어 껍데기는
냉가슴만 소주에 태운답니다

앞에 있는 사람의 눈을 보세요
가슴에 숨긴 말이 들릴 거에요
다음에 라는 말은 하지 마세요
지금이 가장 좋은 선물이에요

숲속에 있는 파랑새보다
하늘에 있는 별과 달보다
가슴에 있는 사랑을 잡으세요
지금이 흐르면 아쉬움만 쌓이니까요

마음으로 다가가세요
두 눈 두 귀 활짝 열고
맑은 입으로 말 하세요
그대가 바로 파랑새라고요

*아모르파티 : amor fati(운명애運命愛)

그령*

-사랑86

짓밟혔다고 화내지 마세요
모질게 밟히면서도
원망하지 않고, 화딱지 내지 않으며
열심히 자라는 것이 진정한 되갚음이잖아요

바람을 탓하지 말아요
바람이 불면 오는 대로
바람이 가면 부는 대로
흔들리면서도 곧장 서는 게 나입니다

약하다고 깔보면 안돼요
하나하나는, 하늘하늘 여리지만
여럿이 묶으면, 말발굽도 거뜬히
이겨내고 결초보은의 뜻을 실천하거든요

수크령하고는 비교도 안되지요
가을의 향연이라며 뭇 사랑을 받아도
짓밟히는 아픔을 이겨낼 용기가 딸리는
그런 애랑은 심지가, 자라는 곳이 다르답니다

*그령 : 밭 주변의 길가나 길 위, 제방 등에서 자라는
여러해살이 풀. 사람에 자주 밟혀도 잘 살며, 부드럽지만 질겨
결초보은하는 데 쓰인 풀로 유명하다.

책 쓰기

-사랑87

책을 쓴다는 것은

나를 오롯이 보여주는 것

나의 살아가는 이야기가

글자로 퐁 퐁 퐁 살아나는 것

쉽다

재밌다

뿌듯하다

고구려 수렵도가

다시 사랑을 모으고

한지 결이 붓을 만나

참고 기다리는 아름다움을 알려준다

귀로 눈으로 손으로

책을 낸다는 것은

알고 모름을 밝게 아는 것

*큰딸이 '수경화실' 이수경 대표와 함께 『채색화로 시작하는 민화 그리기』(서울 : 미진사, 2021)를 출간했다.

그대
-사랑88

반달이 나무별과
가는 가을을 아쉬워하듯
광화문광장을 하얗게 뿌려준 밤
차곡차곡 채워가는 삶에서
그대를 보았습니다

오로지 하는 마음으로
하루도 거르지 않는 몸으로
하고자 하는 일을 말없음표로 하면
보이지 않고 들리지 않더라도
저 멀리 그곳에서 뜻은 이루어집니다

저지른 잘못을 뉘우치면
아름다운 꽃으로 거듭나고
내가 바뀌면 세상이 변하듯
열매 맺지 않는 열심은 없듯
그대가 있어 삶이 나날이 따뜻해집니다

술과 담배

-사랑89

아프다고

술 마시면

더 아프더라

힘들다고

담배 피우면

썩은 내 폴폴 나더라

아프고

힘든 건

견뎌내야 물러나는 것

술과 담배에 기대면

자꾸 달라붙어 커지더라

주인이 노예를 다스리더라

둘째딸
-사랑90

다가서니 들리더라
일상에 묻혀 기다리던 마음이

기울이니 보이더라
끊이지 않는 말에 담긴 참뜻이

사랑은 함께 바라보는 것
사랑은 함께 가을 거니는 것

노여움은 가을비에 흘려 보내고
화딱지는 단풍으로 곱게 보듬고

같이 서니 느껴지더라
겨울 이겨낼 힘 새록새록 피어나더라

마음

-사랑91

믿을 수 없는 게 마음이다
일이 터지니 온갖 것이 다
다르게 보이고
어제와 딴판으로 다가온다

마음을 믿느니 바람을 따라라
바람은 때를 알아 불고
바람은 곳을 따라 웃고
바람은 틈을 찾아 운다

바람을 노래하라, 마음에 속느니
바람은 머물 때 그칠 줄 알지만
마음은 그칠 곳 머물 때 모르고
제멋대로 아슬아슬 내지른다

길은 너무 희미해 보이지 않고
마음은 물가 아이처럼 위험하니
마음에 젖느니 길 따라 걸어라
마음을 버리고 바람을 품어라

연緣

–사랑92

바람결에 느낀 그대 꿈결에서 깨난 그대
선線 따라 오시나요 바람 타고 오시나요

눈짓으로 말하시면 마음으로 맞이하고
귓속말로 얘기하면 온몸으로 받으리오

눈짓 몸짓 속말 귀짓 마음으로 어우러져
한마당 가락으로 뒤엉켜 부르리오

새 되어 바람 되어 넋 되어 만나리오
지난 세월 활활 태워 오는 그대 맞으리오

목숨 없는 바람도 물과 새와 짐승도
벽을 넘고 선을 지나 마음대로 오가는데

그대와 나 사이엔 그 어떤 악연 있어
만날 수 없으리오 느끼지 않으리오

바람결에 느낀 그대 꿈결에서 깨난 그대
아들 딸 아픔 보듬고, 오세요 나의 품으로

오세요, 얼른 오셔서 얼싸안고 춤을 추고
지난 얘기 흘려보내고 착한 인연 영원히 이어요

그대는 오늘

-사랑93

그대는, 오늘 어디서 달 보고 있나요
시월 상달 저 반달이 다른 반 쪽
서럽도록 파랗게 기다리는 이 밤

가을이 안녕하며 시린 편지 띄우고
고왔던 단풍이 비로 흩날리는 데
월동준비에 내 생각 버무리나요

그대는, 첫눈 어느 곳에서 맞나요
눈 먼 강아지, 나풀나풀 대는 눈발이
마냥 좋아 낑낑대며 이리저리 뛰는 날

밤이 지나면 더 어두운 새벽을 깨워
들꽃 흐드러지는 새봄 들쑤시는 데
지금 어디서 바람맞이 하나요

말 사랑법

-사랑94

할아버지가 시장에 간 사이
함께 초원을 뛰놀던 말이
높은 열이 나며 괴로워하자
소년이 밤새 물을 먹이며 간호했습니다.

몸과 마음을 다해 말을 사랑했다며
울부짖는 소년에게 할아버지는
열 날 때 말에게 물을 줘서는 절대 안된다며
말 방식대로 사랑했어야 했다고 나직이 말했습니다

다리가 불편했던 한 부잣집 외동아들과
안내양이 매일 버스에서 만나며
자연스럽게 연인이 되었습니다

대학생 부모가 그녀를 찾아가
가난하고 무식한 촌년이
남의 귀한 아들을 넘본다며 생난리쳤습니다

그녀는 회사를 그만두었고
한 달 동안 갇혀있던 청년이

그녀의 고향집으로 찾아가니
그녀의 무덤이 기다리고 있었습니다

그는 울부짖으며 그녀 무덤 옆에 누웠습니다
그의 왼쪽 가슴 주머니에는 한 편의 시가
부모식 외아들 사랑을 고발하고 있었습니다

별처럼 아름다운 사랑이여
꿈처럼 행복했던 사랑이여*
…

*1980년대 후반, 많은 사람들의 심금을 울렸던
유심초의 〈사랑이여〉 시작 부분

엄마와 딸
-사랑95

흐르는 눈물은 하소연이었다
엄마 사랑해라는 말 한마디
제대로 하지 못한 채
돌아올 수 없는 머~언~길 떠나야 하는
잘 난 딸의 피맺힌 절규

그치지 않는 눈물은 삶이었다
평생 까막눈이었어도
투정하고 아파하는 딸을
언제나 넉넉하게 받아들이는
따듯한 품 내주며 한 풀어내는 넋두리

산다는 건 껍데기였다
다른 사람 눈과 입 때문에
있는 그대로의 나를 잃어버리고
정말로 소중한 것을 놓치고서
마지막의 마지막에 겨우 깨닫는 눈물

죽음은 시대의 고발이었다
거시기와 머시기로 살았던 엄마와
속내 드러낼 수 없는 2박 3일을
물과 기름으로 지내야 했던
눈물은 우리 모두의 반성문이었다

바람과 강
-사랑96

아침에 일어나면 이 마음
저녁에 잠들 때는 저 마음
사랑은 바람이더라

오늘은 이 사람
내일은 저 사람
사랑은 강물이더라

올해는 이 사람 마음
내해도 이 마음 사람
사랑은 익어가더라

가도 가도 닿을 수 없고
파고 파도 이를 수 없는
사랑은 공간으로는 알 수 없는 것

눈 감아도 보이고
귀 닫아도 들리는
사랑은 시간을 거스르더라

거기 서 있는 남자

-사랑97

내가 하고 싶은 말만 하면
내가 하고 싶은 일을 할 수 없단다
남이 하고 싶은 말을 들어야
내가 하고 싶은 일을 할 수 있는 것,

삶은 내 뜻대로
내 마음대로 이뤄지지 않는단다
남이 하는 말을 잘 들어야
길이 열리고 넓어지는 것,

거기 서 있게 된 까닭은 억울해도
거기 서 있게 돼 새 삶이 열렸단다
삶은 직선이 아니라 곡선
비바람 몰아쳐도 살 틈은 있는 것,

우리는 늘 밟고 서 있단다
거기 서 있는 남자처럼
남자를 떠나지 못하는 여자처럼
떨치고 벗어나지 않는 한, 늘 그렇게…

첫눈과 함박눈

-사랑98

시간과의 싸움이란다

인생은,

삶의 가치는

버림의 유혹을 이겨내고

남은 애물단지가

골동품이 된단다

그때 못해

아쉬운 것이

이기는 거란다

꾸~욱 꾹,

꾹꾹 참으란다

첫눈이 함박눈으로 필 때까지…

평행선 만나기

-사랑99

그대 마음은 오고 있는데
내 눈길은 다른 곳을 듣고
내가 다가가려는 그곳엔
그대가 보이지 않네

마음은 서로 통해야 불붙고
손바닥은 서로 만나야 박수 되는데
부딪쳐야 할 것은 서로 빗나가고
흘러야 할 것들이 꽉 막혀 있는

그대와 나는 평행선이었네
저 멀리서 깜빡이는 소실점 향해
달려도 달려도 계속 멀어지는
엇갈려 서로 닿기 힘든 인연,

평행선을 만든 건 바로 나였네
나는 나고 너도 내가 돼야 한다는
똥고집을 버리고 내가 너가 되는
공감이 직선을 곡선으로 만든다네

사남매
–사랑100

Y2K 문제로 세상이 우왕좌왕할 때
막내아들이 이 땅에 왔다

유난히 추웠던 그 해 겨울
뉴욕과 보스턴으로 9박 10일 출장을
망설이는 내 등을 산모가 두드렸다
걱정하지 말고 맘 편히 다녀오라며

이칠일도 지나지 않았을 때
눈 질끈 감고 비행기에 올랐다
제야의 종소리는 캐피털힐에서 들었고
2000년 첫해를 워싱턴DC에서 맞이했다
세세한 기억은 세월과 함께 사라졌는데…

빛바랜 칼라사진이 그때를 보여줬다
겨우 사칠 일 지났는데도 말똥말똥한 막내
두 돌을 백여 일 앞둔 귀염둥이 큰 아들
수줍은 동생 껴안은 멋쟁이 둘째 딸
지금도 그때 모습 그대로 의젓한 장녀
산후풍으로 청춘을 보낸 천사 화가

쉴 새 없이 떴다 진, 해와 달이
꼬맹이들을 군내 다녀온 청년으로 키우고
초등학생을, 나에게 용돈 주는
당당한 사회인으로 바꾸는 요술을 부렸다

제5장, 자식이 전부였던 엄마

회초리

-엄마1

600원에서 10원 떼어내
눈깔사탕 입에 물고
뽐내는 건 잠깐,

장딴지 시퍼렇게 멍들게 한
회초리는
시간 흐를수록 채찍으로 남아

달콤한 것에 빠지지 말라고
참아야 앞날이 있다며 아직도,
어린 막내에게 알려주고 있다

열무 광주리

-엄마2

무거운 건

물 통통한 열무단 만은 아니었다

해 뉘엿뉘엿해서야 뽑아

밤 이슥하도록 볏짚으로 엮어

입분수로 마무리하는 걱정

하고 싶어서

그런 건 아니었다

손발 부르트고

허리 꼬부라져도

육남매 삶은 펴져야 했기에

이십 리 새벽길, 소갈미고개를

별을 벗 삼아 비지땀 흘린 것이었다

알밤 세 톨

-엄마3

엄마는 가르치는 게 아니라
엄마는 보여주는 것이었다

매일 새벽 3시
향긋한 밤 굽는 내음에
꿀잠이 화들짝 달아났다

말은 없었다
몸으로 하는 사랑

자명종보다 더 어김없는
초로, 엄마의 마음에
고3, 막내의 눈이 초롱거렸다

엄마는 가슴에만 남고
군밤 세 톨은 머리서 살며

대낮에 마른번개 치듯
자꾸 느슨해지는 신발끈을
단디 매라고 소곤대고 있다

은비녀

-엄마4

검은 머리 파뿌리 되도록
알콩달콩 살자는 약속은
빛바랜 은비녀로만 남았다

나날이 하얘지고
다달이 빠지면서
해마다 멀어지는

얼 줄 때문에
단발머리 아이가 된 뒤
쓸모 잃은 은비녀에

세월이 비쳤다
한 올 흐트러짐도 없이 살려다
온통 헝클어진 삶이 보였다

젖
-엄마5

엄마 젖은
으레
쭈글쭈글한 줄 알았다

갓 마흔에 본
막둥이 손에는 늘
손등 주름처럼 거친 삶이 잡혔다

모악산 흙길을 맨발로 오르며
부드러운 땅 살을 맛보려는데
문득
잊고 지내던 엄마 젖에 마음이 젖었다

눈물주머니

-엄마6

차~암,

신기하다

엄마란 말만 들어도

가슴이 뭉클하고

눈가엔 이슬이 맺힌다

교감, 부교감 신경이

작동할 틈도 없이

느닷없이 찾아오는

엄마는

유통기한이 없는

눈물주머니,

때와 곳을 가리지 않고

나이를 부끄럽게 한다

엄마네한식당
–엄마7

오늘 점심은
엄마네한식당에서
엄마와 함께 먹었다

콩자반에 엄마 미소가
고등어조림에 엄마 눈물이
오이냉국에 엄마 웃음이
동치미에 엄마 손맛이
열무김치에 엄마 광주리가
멸치고추볶음에 엄마 손길이
미역국에 엄마 마음이

새록새록 피어나
접시에 잔뜩 담아
백야白冶의 추임새 곁들여
엄마와 함께 먹었다

*엄마네한식당 : 백야白冶 김좌진金佐鎭(1889~1930) 장군의 생가 가는 길 옆에 있다. 주소는 충남 홍성군 갈산면 상촌리 373-4

눈
-엄마8

되돌아 눈물 없는 삶
없는 이 있을까
고샅 돌아서면 주르륵 핏물

문득 말이 끊기고
막걸리 잔만 연거푸 당긴다
벌컥 버얼컥 버어얼컥…
목이 턱 잠기고

월사금 없어 중학교 못 보낸
엄마 맘
무 배추 가득 찬
대 광주리 멍에 되어

쉰 해 뚝 뚝 뚝…
지나, 말 잇지 못해도
돌아올 수 없는 곳

해와 달 떴다 질수록
사무쳐 소매 젖는데

남자는 무엇이고
체면은 뉘 위한 거

그냥 쏟으세요
글로 툭툭 털어내
엄마 눈 적셔 주세요

울타리

-엄마9

엄마는 울타리입니다
당신은 가짐 없이 모든 것 버리고
자식들에게 아낌없이 죄다 줍니다
눈보라 속에서 옷 모두 벗어 싸매
자기는 죽어도 목숨으로 아들 지킵니다

엄마는 스승입니다
때로는 회초리로
때로는 밤 세 톨로
때로는 열무 광주리로
때로는 눈으로 가르칩니다

엄마는 희생입니다
파란 병에 하얀 위장약 마다하고
밀두리 해안에서 주운 굴 껍데기,
이고 지고 큰 사위가 만들어 준
쇠절구에 빻아 달게 먹었습니다

엄마는 눈물입니다
수저 두벌 논 두 마지기 살림 밑천 받아
하루하루 힘겨운 보릿고개 넘었습니다
농사지으며 육남매 키운 고생 끈 놓자마자
서울대 앞 건영아파트에서 하늘소풍 떠났습니다

동지 팥죽

-엄마10

발갛게 익은 마음 배고픔 문득 잊고

알알이 박힌 정성 동짓달 이겨내네

지금도 눈앞에 불쑥 나타나는 그 미소

보였다

청와대 춘추관 앞

그저 들른 북촌집에서

느꼈다

강추위 뚫고 퐁 퐁 퐁

솟아나는 엄마의 손맛

들렸다

숟가락 듬뿍 담은

옹심이에 박힌 새알

보냈다

줄 줄 줄 설킨 줄 풀어

훨 훨 훨 날아가는 바람에 실어

신트리고개
-엄마11

엄마는 늘 꼿꼿할 줄 았았다
대여섯 살 코흘리개 시절,
황골 갔다가 이십여 리 길 걸어
산골 지나 신트리고개 칼바람 넘어
집으로 돌아올 때, 칭얼대는 막내를
어쩌지 못하고 앞서 성큼성큼 걸었다
머리엔 한 보따리 잔뜩 이고,

엄마는 늘 웃는 줄 여겼다
아부지, 때 이르게 귀천한 뒤
결혼할 나이 꽉 찬 막내 누나와 함께
논일 밭일 가리지 않고 닥치는 대로
소금물 되어 흐르는 땀에, 울음을
모두 흘려버렸다는 것을 뒤늦게,
아주 뒤늦게야 설핏 깨달았다

엄마는 늘 넓고 깊은 가슴인 줄 알았다
막내가 서울에 있는 대학에 들어가
더이상 혼자 농사짓기 어려워져
어울리지 않는 수돗물을 먹어야 할 때

살 맛 잃은 줄도 모르고 하루하루

내 잘난 맛에 취해 흔들거릴 때

기대고 잠들 수 있는 줄로만 여겼다

*신트리고개 : 필자의 고향인 충남 아산시 음봉면 산동리에서 월랑리와 덕지리를 거쳐 아산시 염치면 용두리로 갈 때 넘어가는 고개.

나무 지팡이

-엄마12

잃은 건 허리였고

얻은 건 지팡이였다

일흔에서 한 해 모자라는

평생 동안, 모두 떠나보낸 뒤

믿을 건 오로지 막대기 하나였다

꼬부랑 ㄱ자 허리는

육남매 키운 계급장이었다

어려운 살림 속에서도

아비 일찍 여윈 뒤에도

올곧게 자란 애들 보며 당당히 짚었다

멋들어진 단장이 아니라

나를 닮은 나무 줄기였어도

지팡이 집고 후들거리며

돌아다니는 것은 그래도 행복이었다

구들장 귀신은 못할 짓이었다

이태원의 눈물

-엄마13

사무침이 멍에 되었다
내가 고르지 않은 운명이 태풍으로 밀어닥쳐
삶을 죽음으로 흔들어 놓았다

그리움…
사람 내음 그리워
코로나로 멀리해야 했던 그 냄새 그리워

두려움…
뭇 사람들 손가락질 두려움 떨치고
우리들 살아있다고 외치려 했던 길,

바로 그 길이
엄마의 눈물을 자아낼 것이라고 상상하지 못했다
바로 그 길이
생사의 골목길 놓고 씸박질해 댈 줄 정말 몰랐다
바로 그 길이
가기만 하고 돌아오지 못하는 일방통행일 줄은 상상 속에도 없었다
숫자는 애도가 아니었다

아우성은 메아리 없는 죽음이었다
아무도 원하지 않았던 토요일 밤의 홍두깨

가슴은 문드러지고
손목뼈가 부러지고
목은 하얗게 쉬는데
숨이 가쁘게 넘어갔다

그렇게 갈 수 없었다
시퍼렇게 뜬 두 눈은
말하지 못한 사연을 전하는데

막혔던 죽음의 골목이 열리자
눈은 통곡으로 덮히고
텅 빈 가슴엔 하늘만 흐르는데

그냥 아무 일 없듯이 갈 수 없었다
그냥 아무 일 없듯이 보낼 수 없었다
시간이 흐른다고 그냥 물결이 될 순 없었다

제6장, 열넷에 떠난 아부지

턱수염

-아부지1

싫었다!

잠결에,

까칠까칠한 턱수염

비벼대고 뽀뽀하며

깨우는 것이

좋았다!

밤중에,

까슬까슬한 턱수염

손으로 어루만지며

잠드는 것이

그립다!

새끼 꼬는 소리가

막걸리 타고 넘는 노래가

먼 곳 바라보던 마지막 눈망울이

싫음과 좋음이 벅벅 되어

자전거
-아부지2

아구구구~
내 다리가 왜 이리 힘이 없지…
네 살 꼬맹이가 일어서려다
갑자기 주저앉으며 혼잣말을 했단다

밭일 논 일 하느라 늘 비웠던
엄마가 마침 집을 지켰고
늘 막걸리에 취했던
아부지도 정신 말짱했던 건

천운이었단다
부리나케 서른세 집 조그만 동네에서 유일했던
덕보네 자전거를 빌려 타고
쏜살처럼 소갈미고개 넘었단다
1주일 안으로 오면
100퍼센트 고칠 수 있다는
명제한의원 의사 말을 잊지 않았던 것도
운명이었단다

엄마 아부지, 하늘소풍 떠난 지 오래고
네 살 꼬맹이가 환갑됐어도
그날 그일은 바로 어제 일어난 듯
바람으로 흘러 다닌단다

새끼

-아부지3

사그락 사그락 사그락…

새끼 꼬는 소리가

바람을 벗 삼은 갈대처럼

막둥이 귀 간질이는 것은

아부지의 소리 없는 가르침이었다

자시에 하늘이 열리고

축시에 땅이 기지개 켜니

인시엔 사람이 일어나야

하늘의 부름과 땅의 힘을 받아

올곧게 살 수 있다는 가르침이었다

새끼는 새끼가 아니었다

모진 겨울 이겨낸 씨앗이

사람의 올곧은 삶 이어받아

봄 여름 가마솥 햇살, 옹골차게 품은

새끼는 새끼가 아니라 아부지 가르침이었다

낫
-아부지4

낫 놓고 ㄱ정도만 알았어도
낫으로 세상을 베어넘기려 하다
낫에 베어 넘어졌을지라도
낫은 아부지의 삶이었다

낫 하나로 살림을 늘렸고
낫 하나로 육남매 키우며
낫 하나로 시름을 달랬고
낫 하나로 세상을 보았다

낫은 이제 쓰이지 않는다
낫 놓고 ㄱ자도 모른다는 말은
섬 슈룸 달구지 보릿고개 따라
낫 놓고 떠난 아버지 말 되었다

막걸리
-아부지5

술 마시고 길을 가며
크게 노래 부르는 것을
가리키는 사자성어가

아빠인가라고 바뀐 것은
아부지 때부터였을까…
하루라도 빠지는 날은
한해에 손꼽을 정도,
어스름이면 촐싹 참새도 긴장했다

농삿일이나 산에 오를 땐
그 어느 것보다 좋은 명약인데
과유불급은, 생사 바뀌었을 때
울부짖고서도 깨닫지 못했다

막걸리는 나날이 진화하는데
일방통행 인생은 되돌아오지 않은 채
환갑 꼬맹이는 오늘도 막걸리를 벗 삼는다

바둑이

-아부지6

해마다 여름이면
아부지와 전쟁을 치뤘다

날마다 뒹굴던 바둑이가
학교 갔다 오는 길 멀리까지
마중 나오던 바둑이가
보이지 않는 날

그날은, 아부지도
슬금슬금 눈치를 보는 것이었다

엄마도 말을 아끼며
슬그머니 육개장을 밥상에 올리고
맛있게 먹고 여름을
잘 나야 한다고 눙을 쳤다

성과 누나는 일부러
눈짓을 들키며 빙그레거렸다

시간이 바람 타고 흘러
바둑이의 속맘을 헤아렸을 때
해마다 치른 아버지와의 전쟁이
성장통이었음을 비로소 깨달았다

부부싸움

-아부지7

고삐 풀린 감정엔

눈 귀가 없고

귀 눈 있는 아이는

가슴 떨렸네

그 순간만 넘기면

평화인 것을

득도하는 지름길

코 앞서 놓쳐

똘망똘망 눈망울

시퍼런 공포

자나 깨나 화조심

떨군 부끄럼

오색약수터에서
-아부지8

꼬맹이는
뜨거운 햇살이 싫어 왼손으로 가리고
시내 바닥의 이끼 돌이 미끈거리니
오른손으로 아빠 손을 꼬옥 잡았어도
물속을 걷는 게 마냥 즐거운 것이었다

오색약수터에서
철 나트륨 칼슘 마그네슘이 골고루 섞여
위장병 신경쇠약 피부병 신경통에 좋고
밥을 지으면 밥알이 푸르스름하게 통통해지는
천연기념물 529호 오색약수에서

아빠는 아부지가 되고
꼬맹이는 철부지 내가 되어
턱수염 쓰다듬으며
잠이 들고 잠이 깨던 모습을
하얀 물에 비춰 잔잔하게 보는 것이었다

사부곡

-아부지9

시대를

잘 못 만나

울분을

삼킨 세월

막걸리

벗을 삼아

마음을

달랬어도

온몸이

먼저 망가져

막내 두고 떠났네

웃으면서 떠났네

수멍

-아부지10

아부지는 엄마에게 앞서라고 했다
한여름 한밤중에 느닷없이 쏟아지는 장대비로
불어난 시냇물이 들이닥쳐 논둑 터지지 않게
수멍 막고 물꼬 트기 위해 집을 나설 때
겁 많은 아부지는 엄마를 앞세웠다

엄마는 후들거리는 다리를 달래고
아부지 숨소리 들으며 소름으로 걸었다
어둠이 빗줄기와 함께 코앞도 볼 수 없게 심술부려도
논둑 터지면 서너 달 피땀 흘린 한해 농사 망치기에
식은땀을 빗물에 감추며 대문을 열었다

오로지 삽 한 자루에 무서움을 기대고
오로지 삵괭이 두 눈 서슬을 횃불 삼아
용와골을 넘어 구레를 거쳐 저탈을 돌고
황생모랭이까지 지나는 두어 시간 동안
머리는 텅 비었고 가슴만 쿵쾅쿵광 뛰었다

밤길
-아부지11

어둔 밤 숲속 길을
떠는 삼부자三父子

바스락 소리마다
소름 돋는데

각항저방 심미기*
귀신 부르고

진익장성 류귀정*
다시 내쫓아

이십 리 꾹꾹 참은
아부지 맘 땀

앞가슴 파고드는 으스스한 꽃샘추위
두 귓불 스쳐가는 따순 기운 겁주길까
신트리 고개 살얼음 추억빗장 넘긴다

*각항저방심미기角亢氐房心尾箕 : 밤하늘의 28개 별자리 가운데 동쪽에 있는 7개 별자리. 진익장성류귀정; 남쪽에 있는 7개 별자리인 정귀류성장익진井鬼柳星張翼軫을 거꾸로 한 것. 28수를 동쪽부터 북쪽 서쪽 남쪽 순서대로 외우면 귀신을 부르는 것이고, 다시 거꾸로 남쪽에서 서쪽 북쪽 동쪽으로 외우면 귀신을 내쫓는 것이라고 함.

아부지는 ○○○였다
-아부지12

아부지는 ○○○였다

인생이 무엇이고 살고 죽는다는 게 뭔지도
죽은 사람이 가더라도 산 사람은 살아야 한다는
말이 무엇인지도 모를 열네 살 사춘기에게
죽음의 의문부호를 남긴

아부진 ○○○였다

소학교 문턱에도 가보지 못했지만
유신헌법 국민투표 때 반대표 던졌다고,
왜 반대했냐고 물으니 막걸리 잔뜩 취해
어린 네가 뭘 알겠냐고 하던

아부진 ○○○였다

땅 파서 돈 캐듯 농사로 몸 무거울 때
마음 더 고통스러워 한 날도 취하지 않고선
보낼 수 없었던, 나날들
어찌, 눈물 흘리지 않았겠느냐만
막걸리에 눈물 감추고 짧은 삶 풀어헤쳐
엄마의 바다에 폭풍우 몰아치게 했던

아부지는 ○○○였다

모부모慕父母

-아부지13

我無唯有子아무유유자

育女苦辛多육녀고신다

家內煩農事가내번농사

世常亂高波세상난고파

雖深鬱火頻수심울화빈

百忍達人和백인달인화

信望天天愛신망천천애

咸成滿幸歌함성만행가

나는 없고 오로지 애들만 있어

자녀 키우는 데 어려움 많으셨네

집안은 바쁜 농사일로 번잡하고

세상은 늘 어지러운 파도 높아

비록 화딱지가 자주 깊어져도

백 번 참아 사람들과 화목 이루고

날마다 소망과 믿음과 사랑으로

행복 가득 찬 노래 함께 이뤘네

환갑 되니 알겠더라
–종시

나이 들어 보니 알겠더라
엄마가 왜, 가끔 회초리 들었고
아부지는 왜, 그리 자주 막걸리에 휘청거렸는지

환갑 되니 알겠더라
종아리 허벅지 선명한 회초리 피멍에
엄마 피눈물 삼키고
어찌할 수 없는 벽에
아부지 흔들거릴 수밖에 없었음을

나이 드니 슬프더라
나날이 늘어가는 흰 머리
하루하루 침침해지는 눈
외워도 잊어먹고 말이 뱅뱅 도는 입
때 없이 쑤시는 팔 허리

나이 드니 웃기더라
화딱지 나는 일, 허허하며 거짓 웃음 터뜨리고
반드시 해야 할 일, 슬그머니 뒤꽁무니 빼며
애 넷 뒤로 숨었던 것이

나이 들어 환갑 되고
슬프고 웃겨 보니 알겠더라
엄마 회초리, 아부지 막걸리
헛헛함 숨기는 몸부림이었다는 것을

그땐 몰랐노라고
털어놓을 기회 영영 없어도
나이 들어 보니 겨우 알겠더라

이순耳順에 불러보는 절절한 사랑가

허형만(시인. 목포대 명예교수)

환갑은 새로운 시작이란다
예순 해 동안 물들인 무지개 바탕에
예순 해 동안 익힌 단맛 쓴맛 버무려
예순 해 동안 갈고 닦은 몸과 마음으로
온 해 꽉 차게 만들려고 나서는 새 걸음,
삶은 그렇게 물들고 익어가는 것이란다
-홍찬선, 「살아 보니 모두가 사랑이었습니다 - 서시」

이 시십은 홍찬선 시인이 이순을 맞이하여 지나온 생애와 앞으로의 삶을 사랑으로 노래하는 열네 번째 시집이다.

홍찬선 시인은 한국경제신문과 동아일보 기자, 머니투데이 북경특파원 및 편집국장, 상무를 역임하고 문학인신문 편집국장을 역임한 언론인이다. 동시에 시와 시조, 소설과 희곡으로 각각 등단하여 활발하게 활동하고 있는 한국문단의 중진 문인이다. 특히 나도 관여하고 있는 서울시인협회에서 수여하는 자랑스러운 '올해의 시인상'을 수상한 바 있으며, 동시에 제1

회 자유민주시인상 최우수상을 수상한 역량 있는 시인이기도 하다.

홍찬선 시인은 '시인의 말'에서 이순을 맞아 "살아보니 모두가 사랑이었습니다." "환갑은 새로운 시작입니다. 지나온 세월을 되돌아보고 앞으로 맞이할 새 삶으로 나아가는 첫발입니다. 부모님 울타리에 기대 살던 유소년기와 가장으로 한 가족을 책임진 장년을 마무리하고, 오롯이 나만을 위한 시간을 보낼 수 있는 제2 인생의 설렘"이라고 말하고 있다. 그만큼 홍찬선 시인에게 있어 올해 나이 60은 제2 인생의 시작인 셈이다.

홍찬선 시인의 이번 시집의 특색은 시집 전체를 6장으로 나누고 서시에서 '사랑'의 내면적 가치를, 마지막 종시에서 '환갑되니 알겠더라'고 사랑의 숭고한 의미를 각각 대응적으로 배치한 다음 그 안에 "사랑은 슈룹을 함께 쓰는 것"(1장), "봄바람에 살포시 드러난 사랑"(2장), "시를 주워주는 사랑"(3장), "화딱지 나도 돌아오는 사랑"(4장), "자식이 전부였던 엄마"(5장), "열넷에 떠난 아부지"(6장)를 노래하고 있다. 이 아름다운 사랑 노래는 기실 홍찬선 시인의 연대기이며 자서전적인 의미를 담고 있다.

제1장~제4장은 '사랑'이라는 부제가 붙여져 있는데, 제1장은 사랑이란 무엇인가에 대해 슈룹을 함께 쓰는 것으로 정의한다.

사랑은, 슈룹을 함께 쓰고
비에 젖지 않는 것이더라

아쉬움을 속으로 삭이고

공부하라고 다그치지도 않으며
아픔을 함께 나누는 것이더라

사랑은, 급할수록 천천히 돌아가며
스스로 깨닫기를 기다리는 것이더라

어려움은 내가 짊어지고
비바람을 이겨낼 울타리 만들어
마침내 함께 웃음 짓는 것이더라

사랑은, 말뿐만이 아니라
마음과 몸이 하나가 되어 피는 것이더라

나대로 몰아치는 것이 아니라
너의 눈을 보고 너의 말에 귀 기울이며
나와 너의 마음 하나로 슈룹 쓰는 것이더라

-「슈룹 -사랑1」 전문

홍찬선 시인에게 사랑이란 무엇인가? 라고 물으면 "슈룹을 함께 쓰고/ 비에 젖지 않는 것"이라고 대답한다. 슈룹은 우산이란 뜻으로 〈훈민정음해례본〉(1946)과 〈훈몽자회〉(1527)에 나오는 옛말이다. 슈룹이란 말은 tvN에서 세자가 되기 위한 왕자들의 경합과 엄마들의 치열한 대처 방법을 보여준 드라마 16부작으로 방영되어 대중에게 알려졌다. 시인은 슈룹을 함께 쓰고 삶을 살아가는 사랑의 의미를 드라마와는 상관없이 현대적 관점에서 나름대로 5가지로 말하고 있는데, 첫째, "아쉬움을 속으로 삭이고/ 공부하라고 다그치시도 않으며/ 아픔을 함께 나누는 것", 둘째, "급할수록 천천히 돌아가며/ 스스로 깨닫기를 기다리는 것", 셋째, "어려움은 내가 짊어지고/ 비 바람을 이겨낼 울타리 만들어/ 마침내 함께 웃음 짓는 것", 넷째, "말뿐만이 아니라/ 마음과 몸이 하나가 되어 피는 것", 다섯째, "나대로 몰아치는 것이 아니라/ 너의 눈을 보고 너의 말에 귀 기울이며/ 나와 너의 마음 하나로 슈룹 쓰는 것"이 그것이다. 시인의 이와 같은 사랑의 정의는 오늘날 자녀를 가르치고 대하는 엄마들에게 일러주는 신교육론에 다름아니다. 아파치족 인디언들은 결혼식 때 삶의 여행을 시작하는 두 사람에게 "이제 두 사람은 비를 맞지 않으리라/ 서로가 서로에게 지붕이 되어 줄 테니까"로 시작하는 축시를 읽어 준다. "나는 네가 되고 너는 내가 되어/ 저절로 몸이 하나 되는"(「가슴 미소 －사랑3」) 부부는 서로에게 슈룹이 되어야 함을 말하고 있는 셈이다.

그러면 홍찬선 시인이 생각하고 있는 사랑론은 무엇일까. 우선 사랑은 바람이라는 명제를 내건다. "바람에 넋 놓고 있을 때/ 문득 다가오는 바람/ 틈으로 스며들어/ 막을 수도 잡을 수도/ 내몰 수도 없는 바람"(「바람 －사랑7」)이 곧 사랑이라고 말한다. 융에 의하면 아랍인들의 경우 바람이라는 낱말은 숨결과 정신이라는 두 가지 의미를 소유한다(『문학상징사전』, 이승훈, 1999, 고려원). 바람이 사랑이라고 했을 때 아랍인들의 의미와 상통한다. 그러면 사랑은 바람이라 한 이유는 무엇일까. 시인은 그 이유를 "고맙다는 말 날리고/ 함께 하는 뜻 태우"(「맘 －사랑14」)기 때문이라고 대답한다. 그러니까 사랑하는 사람에게 고맙다고 말하면 바람이 그 말을 날라주고 동시에 사랑하는 사람과 함께 하는 마음을 어화둥둥 가마 태우듯 태워준다는 것이다. 또한 "사랑은 말 없는 마음/ 사랑은 맘 꽉 찬 행동/ 사랑은 몸으로 보고/ 사랑은 몸과 마음으로 듣"(「기다림 －사랑15」)는 것이기에 기다림도 사랑이라고 말한다. 나아가 기다림은 사랑의 엄마라고 말한다. 이러한 기다림 끝에 마침내 사랑하는 사람이 만났을 때 "마주 잡은 손안엔 흥건한 사랑"(「경춘선 숲길 -사랑17」)이 고인다. 그러나 이러한 사랑은 그냥 얻어지는 것이 아님을 시인은 안다. 그래서 수수꽃다리를 통해서도 "사랑은 눈물로만 오더라/ 아픔 없이 피는 꽃, 없는 것처럼/ 수수꽃다리 애리애리한 잎을/ 어금니로 꽉 씹었을 때/ 속 뒤집어지는 쓰라림으로"(「수수꽃다리- 사랑21」) 온다고 말한다. 즉 사랑은 고통 없이 얻을 수 없음을 강조한 것이다.

사랑은
석탄처럼 탄 토스트 빵을
노릇노릇하게 구워진 것처럼
맛있게 먹는 것

사랑은
새카맣게 태워서 미안하다는
아내를 살며시 감싸며
내 입맛엔 이게 딱 맞는다고 하는 것

사랑은
탄 빵은 사람을 해치지 않지만
안 좋은 때 튀어나온 나쁜 말은
상처가 된다는 것을 알고 실천하는 것

사랑은
사람이 늘 완벽할 수 없음을 알아
배우자의 조그만 잘못을

따뜻하게 품어주는 것

-「이쁜 말 -사랑9」

이제 사랑이란 구체적으로 어떠한 경우인가를 아내와의 이야기로부터 시작한다. 아내가 토스트를 구워 내왔는데 "석탄처럼 탄" 빵이다. 아내가 "새카맣게 태워서 미안하다"고 사과할 때, 대부분의 남편은 짜증을 내거나 화를 낼 터이지만 그것은 사랑이 아니다. 사랑은 이렇게 새카맣게 탄 빵도 "노릇노릇하게 구워진 것처럼/ 맛있게 먹"어주고, 미안해하는 아내를 "살며시 감싸며/ 내 입맛에 이게 딱 맞는다고 하는 것"이다. 다시 말해 사랑이란 "안 좋을 때 튀어나온 나쁜 말"이 아니라 이쁜 말을 사용하는 것임을 강조한다. 그래서 홍찬선 시인은 말한다. "사랑은/ 사람이 늘 완벽할 수 없음을 알아/ 배우자의 조그만 잘못을/ 따뜻하게 품어주는 것"이라고. 그리고 "살짝 되돌아보면 누구나/ 한 움큼 응어리 안고 사는 삶/ 서로 보듬어 안으면 푸근하"(「여보 나도 할 말 있어! -사랑11」)다고. 한편, "눈은 마음의 봄이고/ 얼굴은 가슴의 꽃바람이다// 맑은 마음이 눈동자에/ 푸근하게 드러나고/ 밝은 가슴이 얼굴에/ 봄 내음으로 피어"(「큰딸에게 -사랑12」)나는, 하루하루가 힘들었던 나날을 잘 견디고 얼굴이 활짝 웃는 모습의 큰딸에게 이것이 바로 진정한 사랑임을 은근히 깨우쳐준다.

경기도 포천시 군내면 직두리 수원산 자락에 '부부송夫婦松'이라 불리는 사이좋은 부부 소나무가 있는데 시인은 이 부부송을 통해서도 "둘은 하나고, 하나는 둘이다/ 둘이 하나 되어 생명이 움트고/ 하나가 둘이 되어 삶이 퍼진다//살다 보면 눈보라 몰아치는 날도/ 온갖 들꽃 내음에 젖는 날도 있나니/ 번개천둥 몰아쳐야 힘차게 맞받아칠 수 있는 것"(「직두리 부부송 -사랑10」)이 진정한 사랑이라고 정의한다. 그런가 하면 출근

길 붐비는 시내버스 안에서 버스 요금을 내지 못한 할아버지에게 운전기사가 폭언하는데도 그 누구도 할아버지에게 신경 쓰지 않을 때 초등학교 여학생이 1만원을 요금통에 넣으면서 이 할아버지처럼 급하게 지갑 두고 온 할아버지 열 분을 태워 주라고 말하는 것을 보고 시인은 충격을 받는다. 그리하여 시인은 "사랑은 말로만 할 수 없고/ 사랑은 마음으로만 하는 게 아니라/ 사랑은 행동으로 한다는 것을/ 용기 있는 실천으로만 할 수 있다는 것을/ 초등학교 여학생에게서 배웠"(「아이에게 배운다 –사랑20」)다고 고백한다.

제2장은 '봄바람에 살포시 드러난 사랑'이라는 제목처럼 봄철의 자연을 통한 삶과 사랑을 노래하고 있다.

함박눈처럼 백설기인 듯 하얀 꽃
모내기 앞두고 성큼성큼 익어갑니다
이사랏, 첫사랑 빰 닮아 발간 오월,
당신은 아픈 삶 멍에 진 천사입니다

인생은 헝클어지기 쉬운 실타래
낙원은 머릿속에서 날아다니고
가슴은 늘 시커먼 숯에 불당기는데
손발은 어느 장단 맞출지 헷갈립니다

계절의 여왕인 오월에 장미가 피면
살림이 운명 따라 어긋나 흐르고
누구는 웃고 누구는 울고 누구는
실심失心한 듯 무심한 듯 부덤덤하고

강물이 비바람 결에 출렁이듯
저절로 도는 우주는 멈추지 않아
사람들 모여 사는 풍경화 그리며
황사 코로나 뚫은 사랑 피워냅니다

-「이사랏꽃 -사랑33」 전문

현대인들에게는 생소한 이사랏꽃은 앵두꽃을 이르는 말로 이스랏꽃이라고도 부른다. 두시언해(1481)와 훈몽자회(1527)에서 이 꽃 이름이 보인다. "함박눈처럼 백설기인 듯 하얀" 동시에 "첫사랑 뺨 닮아서 발간" 이사랏꽃은 "모내기 앞두고 성큼성큼 익어"가는데, 피어나는 꽃의 모습이 마치 인생의 아픈 삶을 대신 "멍에 진 천사"를 떠올리게 한다. 왜냐하면 인생은 "헝클어지기 쉬운 실타래"와 같아서 "낙원은 머릿속에서 날아다니고/ 가슴은 늘 시커먼 숯에 불당기"기 때문이다. 이사랏꽃이 천사와 같아서일까. "강물이 비바람 결에 출렁이듯/ 저절로 도는 우주는 멈추지 않아/ 사람들 모여 사는 풍경화 그리며/ 황사 코로나 뚫은 사랑"을 피워내고 있음에 시인은 감격한다.

물론 이사랏꽃만 봄에 피는 게 아니다. "봄이 여름으로 흐르는/ 저녁을 짧게 보내고/ 문득"(「은방울꽃 -사랑26)」) 은방울꽃이 피었다. 은방울꽃의 꽃말은 순결, 다시 찾은 행복으로 은방울꽃이 문득 피어남을 본 시인은 다시 찾은 행복감에 젖는다. 그런가 하면 봄날 밤에는 "개나리 진달래를/ 설레는 가슴으로 맞이한 4월도/ 배와 사과꽃 떨어지는/ 아쉬운 눈물로 보내야 하는 것을"(「허참갈비 -사랑27」) 아쉬워하거나, "티끌 하나 없는 오월 하늘을 바라보고/ 반란을 꿈꾸며 시詩발 한 줌"(「오월 -사랑35」) 줍기도 한다. 「억겁의 인연 -사랑29」에서는 "참고 참았던 봄비가 오시는 날/ 잠결에 들리는 낙숫물 노래에/ 문득 억겁의 인연이 실려 오더"라고, 그리고 봄비로부터 "살다가 마주치는 온갖 선택을/ 긍정적이고 미래지향적으로 하라는 것/ 가뭄 끝에 단비가 소곤소곤 알려주더"라고 시인은 말한다. 봄이면 "오월 아까시 꽃에선/ 매운 사연이 피어나"(「매운 꽃 -사랑43」)고, "찔레꽃의 순수한 향기와/ 작약 꽃술의 화려한 유혹과/ 양귀비의 발그레한 농염을/ 하나로 묶는 산딸나무 결백인 듯"(「빨간 장미 -사랑41」) 피어나는 빨간 장미와 "용문사 가는 길, 도랑 옆에/ 새색시처럼 살갑게 핀 산딸기꽃"(「응징 -사랑38」)의 유혹에서 사랑의 의미를 찾고자 하는 시인의 시적 사유가 돋보인다. 이러한 자연을 통한 시적 사유는 삶과 사랑의 의미로까지 확충되어간다.

홍찬선 시인은 삶을 어떻게 살 것인가에 대해 "삶은 곧은 길에 주눅 들지 않는 것/ 남이 가는 길에 한눈팔지 않는 것/ 걷다가 지치면 쉬었다 가는 것/ 달걀처럼 둥글둥글하게 사는 것"(「직선과 곡선 -사랑44」)이며, "가지 많은 나무엔 바람이 잦고/ 열 손가락 깨물어 안 아픈 게 없으니/ 흐르는 강물처럼 살 일// 흐르는 강물처럼/ 언제나 끊임없이 흐르고 흘러/ 완전히 사랑하며 살 일"(「흐르는 강물처럼 -사랑47」)이라고 조언한다. 시인은 이와 같은 삶을 살아야 함은 물론 얼굴에 돋아난 꼬무락지(뾰루지)처럼 "겉으로 나타내야/ 드러내 함께 나눠야"(「꼬무락지 -사랑28」) 그것이 사랑이고 말하면서 진짜 사랑은 "함께 고민하고/ 함께 좋은 방안 만들어 내려고/ 화끈거림 이겨내고 말하는 것"(「핑계 -사랑48」)임을 자신의 체험을 통해 정의하고 있다.

제3장과 제4장은 4계절 중 가을을 중심으로 한 자연의 생명성, 자신의 시에 관한 견해, 아내의 사랑, 그리고 삶과 사랑

에 대한 사유의 깊이를 보여주고 있다.

코끝을 스치는 가을바람에
스멀스멀 피어나는 그대의
모습이, 가슴 설레게 했던
스물하나 그해의 가을날

고추잠자리 얼굴 붉히며 높게 날았고
귀뚜라미 정답게 부르는 세레나데도
축축한 땅과 따가운 햇살을 듬뿍 문
촌뜨기 순정을 받아주지 않은 그대

새로 이 나라에 들어온 뒤에
따듯한 울타리 박차고 뛰어나가
거친 들판의 자유를 맘껏 누리고
눈의 따끔거림과 종기 달래주었던

우주를 품에 안은 그대여
사랑을 시험했던 개구쟁이여
살살이꽃 살가운 그대여
추영秋英이기도 한 그리운 그대여

-「살살이꽃 -사랑78」 전문

코스모스의 순우리말인 살살이꽃은 "살랑 사알랑 부는 가을을/ 코스모스 깨워 재촉"(「파란 하늘 –사랑69」)하는 가을을 대표하는 꽃이다. '소녀의 순결' '순정'이 꽃말인 코스모스의 원산지는 멕시코이다. 그래서 시인은 "새로 이 나라에 들어온 뒤에/ 따듯한 울타리 박차고 뛰어나가/ 거친 들판의 자유를 맘

껏 누리고/ 눈의 따끔거림과 종기 달래주었던" 생태를 생각한다. 여기서 "눈의 따끔거림과 종기 달래주었"다는 코스모스의 약효에 관해선 아는 사람만 아는 것으로 코스모스는 청열해독 작용이 있어 눈이 충혈되고 아픈 증상에 약용으로 사용하고 종기에는 짓찧어 참기름과 섞어서 붙이면 낫는다. "스물하나 그해의 가을날" 보았던 "코끝을 스치는 가을바람에/ 스멀스멀 피어나는" 살살이꽃을 떠올리고, "그대"라고 부르며 "우주를 품에 안은 그대여/ 사랑을 시험했던 개구쟁이여/ 살살이꽃 살가운 그대여/ 추영秋英이기도 한 그리운" 마음을 절절히 노래한다.

가을이면 또한 귀뚜라미도 빼놓을 수 없을 터. 그래서 시인은 "하늬바람은 좋다고 살랑거리고/ 마파람도 성급하게 으르렁댑니다/ 높새바람은 마지못한 듯/ 가을의 전령사, 귀뚜라미"(「뜻짓 –사랑61」)를 가을의 전령사로 부른다. 아울러 들국화도 가을을 생각할 때 빼놓을 수 없기에 "오로지 순수한 사랑 펼치려고/ 속으로 갖고 있는 모든 것을/ 얼굴 노래지도록 뿜어낸 짝사랑,// 얼음새꽃 개나리 감꽃 은행으로/ 이어지는 노랑의 관세음보살"(「들국화 –사랑82」)임을 알려준다. 나아가 시인은 "가을은 사랑이어라/ 노랑 빨강 국화 향기로/ 물 건너 강아지들 질투로/ 사랑은 사람"(「정선의 가을 –사랑73」)이니 가을도 사랑이라고 말한다. 그래서일까. 시인은 가을과 더불어 "나무는 꿈을 먹고 사람이 되고/ 사람은 꿈 마시고 숲이 되었"(「나무 –사랑58」)으며, "굳고 찢어져도/ 생명의 물 만나면/ 되살아나"(「붉은 흙 –사랑83」)는 황토와 "백사실 계곡지기/ 도룡뇽에게"(「도룡뇽 –사랑52」) 지혜 한 움큼 전해 받을 만큼 자연의 생명성도 빠뜨리지 않는다.

Y2K 문제로 세상이 우왕좌왕할 때

막내아들이 이 땅에 왔다

유난히 추웠던 그 해 겨울
뉴욕과 보스턴으로 9박10일 출장을
망설이는 내 등을 산모가 두드렸다
걱정하지 말고 맘 편히 다녀오라며

이칠일도 지나지 않았을 때
눈 질끈 감고 비행기에 올랐다
제야의 종소리는 캐피털 힐에서 들었고
2000년 첫해를 워싱턴DC에서 맞이했다
세세한 기억은 세월과 함께 사라졌는데…

빛바랜 칼라사진이 그때를 보여줬다
겨우 사칠 일 지났는데도 말똥말똥한 막내
두 돌을 백여 일 앞둔 귀염둥이 큰 아들
수줍은 동생 껴안은 멋쟁이 둘째 딸
지금도 그때 모습 그대로 의젓한 장녀
산후풍으로 청춘을 보낸 천사 화가

쉴 새 없이 떴다 진, 해와 달이
꼬맹이들을 군대 다녀온 청년으로 키우고
초등학생을, 나에게 용돈 주는
당당한 사회인으로 바꾸는 요술을 부렸다

-「사남매 -사랑100」 전문

시인은 총 100편의 사랑 연작시를 마무리 지으면서 아내의 사랑으로 끝내고 있다. 시인의 아내는 "딸 둘 아들 둘 떡잎부터/ 아름드리나무로"(「결혼기념일 –사랑84」) 키웠다. "유난히 추웠던 그해 겨울/ 뉴욕과 보스턴으로 9박10일 출장을/ 망설이는 내 등을 산모가 두드렸다"고 한다. 그러니까 그해 겨울은 2000년 이전, 곧 19##의 날짜를 사용하던 컴퓨터들이 2000 이후로 넘어가면 오류를 일으켜 세상의 많은 전산 시스템에서 문제가 발생한다고 하여 "세상이 우왕좌왕할 때" 4남매 중 막내가 태어나 아내는 산후조리를 하고 있던 때, 시인이 아내에게 미안하여 출장을 망설이고 있는 것을 보고 아내가 시인에게 따뜻한 사랑의 마음을 보여준 것에 감동한다. 아내의 사랑과 격려로 출장을 가서 2000년 새해를 워싱턴DC에서 보냈다. 그때 고국에 있는 가족의 사진을 훗날 보며 감회에 젖는다. "겨우 사십 일 지났는데도 말똥말똥한 막내/ 두 돌을 백여 일 앞둔 귀염둥이 큰아들/ 수줍은 동생 껴안은 멋쟁이 둘째 딸/ 지금도 그때 모습 그대로 의젓한 장녀/ 산후풍으로 청춘을 보낸 천사 화가"가 당시의 사진 속에서 시인을 감격하게 한다. 홍찬선 시인은 아내가 "쉴 새 없이 떴다 진, 해와 달이/ 꼬맹이들을 군대 다녀온 청년으로 키우고/ 초등학생을, 나에게 용돈 주는/ 당당한 사회인으로 바꾸는 요술을 부렸다"고 자랑한다. 그리고 이 작품에서는 언급되어 있지 않지만, 시인의 아내는 홍찬선 시인을 "한가람 바람이/ 한 줄 한 줄/ 끊어질 듯 이어질 듯/ 하루하루 시어들을 쌓고 있"(「바람의 주인 –사랑53」) 듯 시인으로서의 소명을 다하도록 묵묵히 뒷바라지해 주고 있었으리라. 그러기에 오늘 홍찬선 시인은 "행복하게 시를 만나고/ 시를 가득 줍고/ 삶이 시가 되"(「한 사람 –사랑51」)고 있는 게 아니겠는가.

'사랑' 부제가 붙여진 제1장~제4장 다음 제5장 '자식이 전부였던 엄마'는 13편으로 구성되어 있다.

엄마는 울타리입니다
당신은 가짐 없이 모든 것 버리고
자식들에게 아낌없이 죄다 줍니다
눈보라 속에서 옷 모두 벗어 싸매
자기는 죽어도 목숨으로 아들 지킵니다

엄마는 스승입니다
때로는 회초리로
때로는 밤 세 톨로
때로는 열무 광주리로
때로는 눈으로 가르칩니다

엄마는 희생입니다
파란 병에 하얀 위장약 마다하고
밀두리 해안에서 주운 굴 껍데기,
이고 지고 큰 사위가 만들어 준
쇠절구에 빻아 달게 먹었습니다

엄마는 눈물입니다
수저 두 벌 논 두 마지기 살림 밑천 받아
하루하루 힘겨운 보릿고개 넘었습니다
농사지으며 육남매 키운 고생 끈 놓자마자
서울대 앞 건영아파트에서 하늘소풍 떠났습니다

-「울타리 -엄마9」 전문

홍찬선 시인은 "충남 아산시 음봉면 산동리"(「신트리고개 -엄마11」)에서 육 남매 중 막내로 태어났다. "수저 두 벌 논 두 마지기 살림 밑천 받아/ 하루하루 힘겨운 보릿고개 넘었"

던 엄마는 "농사지으며 육 남매 키운 고생 끈 놓자마자/ 서울대 앞 건영아파트에서 하늘 소풍 떠나"셨다. 그러니까 엄마가 소천하신 장소는 막내아들이 서울대학교 경제학과에 합격한 바람에 "더 이상 혼자 농사짓기 어려워져"(「신트리고개 -엄마11」) 서울로 올라오셔서 아들을 뒷바라지하시던 "서울대 앞 건영아파트"이다.

시인이 어렸을 때부터 "때로는 회초리로/ 때로는 밤 세 톨로/ 때로는 열무 광주리로/ 때로는 눈으로 가르치신" 엄마는 "스승"이며, "울타리"이며, "희생"이며, "눈물"이셨다. 시인이 어렸을 때 어느 날 "600원에서 10원 떼어내/ 눈깔사탕 입에 물고/ 뽐내는걸" 보신 엄마는 "달콤한 것에 빠지지 말라고/ 참아야 앞날이 있다며" "장딴지 시퍼렇게 멍들게 한"(「회초리 -엄마1」) "회초리"는 엄마의 훈육 방법이었다. 흔히들 집안에서 자식 훈육은 아버지가 주로 하는 것으로 인식하고 있지만, 홍찬선 시인의 경우는 "어려운 살림 속에서도/ 아비 일찍 여읜 뒤에도/ 올곧게"(「나무 지팡이 -엄마12」) 자라도록 훈육하신 분은 엄마였다. 그런데, 엄마의 훈육 방법이 남다르다. 비록 회초리로 장딴지를 때리지만, "엄마는 가르치는 게 아니라/ 엄마는 보여주는 것", "말은 없었다/ 몸으로 하는 사랑"으로 교육하셨다. 그 증거로 "매일 새벽 3시/ 향긋한 밤 굽는 내음에 꿀잠이 화들짝 달아났다"(「알밤 세 톨 -엄마3」). 시인이 고3이었을 때 아들에게 먹이기 위해 새벽에 알밤을 굽는 엄마의 행동은 꿀잠에 빠져 있는 막내를 깨우는 좋은 방법이었다.

또한 엄마는 "손발 부르트고/ 허리 꼬부라져도/ 육 남매 삶은 펴져야 했기에// 이십 리 새벽길, 소갈미고개를/ 별을 벗 삼아/ 비지땀"(「열무 광주리 -엄마2」) 흘리며 장에 가셔서 광주리 가득 이고 간 열무를 팔았다. 이 열무는 "해 뉘엿뉘엿 해서야 뽑아/ 밤 이슥하도록 볏짚으로 엮어/ 입 분수로 마무리"한 열무였다. 동시에 "월사금 없어 중학교 못 보낸/ 엄마 맘"(「눈 -엄마8」)이었다. 그뿐이 아니다. 엄마의 눈물도 시인은 자신을 가르치는 엄마의 모습이었다고 회고한다. 그 예로 "되돌아 눈물 없는 삶/ 없는 이 있을까/ 고샅 돌아서면 주르륵 핏물// 문득 말이 끊기고/ 막걸리 잔만 연거푸 당긴다/ 벌컥 버얼컥 버어얼컥…"(「눈 -엄마8」) 마시던 엄마, "수저 두 벌 논 두 마지기 살림 밑천 받아/ 하루하루 힘겨운 보릿고개 넘"고, "농사지으며 육 남매 키운 고생 끈 놓자마자" 소천하신 엄마였기에 어찌 보면 한 맺힌 엄마의 눈물을 시인이 대신 쏟는 눈물인지도 모르겠다.

마지막 제6장 13편은 아버지에 대한 그리움의 노래다.

싫었다!
잠결에,
까칠까칠한 턱수염
비벼대고 뽀뽀하며
깨우는 것이

좋았다!
밤중에,
까슬까슬한 턱수염
손으로 어루만지며
잠드는 것이

그립다!
새끼 꼬는 소리가
막걸리 타고 넘는 노래가

먼 곳 바라보던 마지막 눈망울이
싫음과 좋음이 벅벅 되어

-「턱수염 -아부지1」 전문

유년 시절 잠을 자고 있는데 잠결에 얼굴이 까칠해서 깨어 보니 아버지가 "까칠까칠한 턱수염/ 비벼대고 뽀뽀"하고 있는 것이었다. 아버지로서는 사랑스럽기만 한 아들에 대한 애정 표현이었지만 어린 아들로서는 그게 "싫었다!". 그러나 한편으로는 "밤중에,/ 아버지의 까슬까스한 턱수염/ 손으로 어루만지며/ 잠드는 것"이 좋았던, 아들로서 아버지에 대한 사랑의 표현 또한 잊지 못한다. 그래서일까. 오색약수터에서 "아빠는 아부지가 되고/ 꼬맹이는 철부지 내가 되어/ 턱수염 쓰다듬으며/ 잠이 들고 잠이 깨던 모습을/ 하얀 물에 비춰 잔잔하게 보는"(「오색약수터에서 -아부지8」) 것에서 한층 더 아버지에 대한 그리움으로 남는다. 이 그리움은 이어서 "새끼 꼬는 소리"와 "막걸리 타고 남는 노래", 그리고 "먼 곳 바라보던 마지막 눈망울"을 떠올리며 더욱 절실해진다.

시인은 아버지를 생각할 때마다 특히 새끼 꼬는 소리와 막걸리 타고 넘는 노래를 잊지 못한다. 농군인 아버지의 새끼꼬는 소리를 아버지의 가르침이라고 믿었다. "새끼는 새끼가 아니었다/ 모진 겨울 이겨낸 씨앗이/ 사람의 올곧은 삶 이어받아/ 봄 여름 가마솥 햇살, 옹골차게 품은/ 새끼"(「새끼 -아부지3」)이기 때문이다. 또한 "술 마시고 길을 가며/ 크게 노래 부르"(「막걸리 -아부지5」)거나 "한 날도 취하지 않고선/ 보낼 수 없었던 나날"의 이유가 "소학교 문턱에도 가보지 못했지만/ 유신헌법 국민투표 때 반대표"(「아부지는 ㅇㅇㅇ이었다 -아부지12」)를 던질 만큼 시대를 잘못 만났음에 대한 한 맺힘이었다. "시대를/ 잘 못 만나// 울분을/ 삼킨 세월// 막걸리/ 벗을 삼아// 마음을/ 달랬어도// 온몸이/ 먼저 망가져// 막내 두고 떠났네/ 웃으면서 떠난"(「사부곡 -아부지9」) 아버지는 시인이 열네 살 사춘기 때 작고하셨다. 소학교 문턱에도 가보지 못한 아버지는 낫 놓고 ㄱ자도 모르지만 "낫 하나로 살림을 늘렸고/ 낫 하나로 육남매 키우며/ 낫 하나로 시름을 달랬고/ 낫 하나로 세상을 보았다"(「낫 -아부지4」). 그러기에 홍찬선 시인은 제5장 사모곡思母曲과 제6장 사부곡思父曲을 합친 사랑의 노래를 제6장 마지막에서 한시와 함께 읊어준다. 그 전문은 다음과 같다.

我無唯有子아무유유자
育女苦辛多육녀고신다
家內煩農事가내번농사
世常亂高波세상난고파
雖深鬱火頻수심울화빈
百忍達人和백인달인화
信望天天愛신망천천애
咸成滿幸歌함성만행가

나는 없고 오로지 애들만 있어
자녀 키우는 데 어려움 많으셨네
집안은 바쁜 농사일로 번잡하고
세상은 늘 어지러운 파도 높아
비록 화딱지가 자주 깊어져도
백 번 참아 사람들과 화목 이루고
날마다 소망과 믿음과 사랑으로
행복 가득 찬 노래 함께 이뤘네

-「모부모-아부지13」 전문

지금까지 홍찬선 시인의 이순 기념 사랑 시집을 통해 홍찬선 시인의 시정신과 삶의 가치를 읽을 수 있었다.

마르셀 레몽은 말했다. "시는 삶의 명상에서 귀중한 자양분을 얻는다"고. 시인이란 서로 다른 인간들을 화해시키고 삶에 의미를 주는 사람이라고. 홍찬선 시인의 시가 바로 이 말에 딱 맞는다. 홍찬선 시인의 시는 경험, 나아가 창조의 경험을 수반한 시적 인식 속에서 사랑을 노래하고 있다. 시인은 시가 무엇보다 먼저 살고 존재하는 하나의 방식이라고 확언한 마르셀 레몽의 심장을 꿰뚫고 있는 것처럼 보인다. 이 방대한 분량의 시집에서 사랑의 내면적 가치를 노래한 〈서시〉와 환갑을 맞아 느끼는 사랑의 숭고한 의미를 노래한 〈종시〉를 포함하여 제 제1장부터 제4장까지 100편의 사랑 주제의 시와 함께 제5장 엄마의 사랑, 제6장 아부지의 사랑을 노래한 총 128편의 시에서 우리는 평소 홍찬선 시인의 사랑에 대한 사유와 시적 체험을 함께 나눌 수 있었다.